20해의 다이어리

나의 영국 이민 생활 일기

1. 해가 지지 않는 나라 영국

For my Andrew and Jessica

20해의 다이어리

BACK TO
2001

나의 영국 이민 생활 일기

1. 해가 지지 않는
나라 영국

목차

20년간의 영국 이민생활 일기

스무 해의 다이어리

-해가 지지 않는 나라 영국

인생에는 몇 번의 챕터가 있는 거 같다.

난 내 인생을 세 번의 챕터로 나누어 보았다.

그리고 이제 난 그 중간 스무 해의 챕터를 그려보고자 한다.

그래야 앞으로 다가 올 새로운 챕터를 더 멋지게 그릴 수 있을

테니까.

대학시절 교환학생 때 일본에서 만난 영국 남자 친구와 인연
이 되어 교재를 하게 되었고 1년 후 우리는 떨어져 각자의 나라
에서 대학을 졸업한 후 취업을 하면서도 1년에 한 번씩은 인연
을 만들어 갔다. 그러다가 내가 영국으로 유학을 오게 되었고

어느 날 프러포즈를 받고 이듬해 결혼을 하면서 그렇게 자연스럽게 내 영국에서의 삶은 시작되었다.

두 아이들을 출산하고 아이들을 학교에 보내고 아이들을 키우고 나니 벌써 스무 해가 지나버렸다. 이렇게 글로 적고 나니 몇 줄로 정리되어버리는 스무 해가 참 짧게 느껴진다.

지나고 나서 생각해 보니 나의 이십 대의 삶은 참 버라이어티했었다.

이십 대의 난 나름 인생의 절반은 산 것 마냥 세상 하나도 겁날 게 없었던 자신만만했었던 나이였다. 솔직히 지금과 비교하면 무서울 게 없는 십 대 애들 마냥 그 나이의 난 지구 반대편 혹은 지구 어느 곳이라도 두려울 게 없다고 생각할 수 있었던 그런 나이였다. 그러했기 때문에 지금은 망설이게 되는 결정도 그때는 아주 확신 차게 때로는 단순하게 생각하고 결정할 수 있었던 것 같다.

하지만 그 사이 난 수많은 시간들을 나 혼자만이 아닌 가족이라는 테두리 안에서 행복과 염려, 때로는 슬픔과 격려 속에 시간들을 보내며 사십 대 중반이라는 나이가 되어 버렸다.

이젠 나에게 그 자신감은 내 나이와 함께 반으로 줄어든 것 같고 대신 편견과 고집, 그리고 걱정과 불안은 더 늘어난 것 같다. 또한 가슴을 떨리게 하는 설렘도 줄어드는 것 같다.

　하지만 좋게 말하면 조바심은 줄어들고 상황 파악 능력이 커지고 웬만한 일에는 그러려니 이해가 아닌 포기를 하며 많은 기대를 하지 않게 되고 그리고 기대감이 줄어드니 좀 더 내 주변의 일들에 관대해졌다.

　뒤돌아보니 어느 순간 불과 몇 년 전만 해도 나 자신에게만 맞추어져 있던 나의 꿈들은 이제는 아이들의 미래와 꿈들 쪽에 더 집중하게 되었으며 내 아이들의 교육과 일상들이 내 인생의 절반 아니 그 이상을 차지하고 있었다.

　이제는 아쉽지만 어느 정도 놓을 줄도 알아야 하고 그 절반을 비워야 할 날이 멀지 않았음을 깨닫게 된다.
　그리고 나니 생각 드는 건, 그럼 이제 난 내 꿈을 무엇으로 대신 채워야 할까 라고 생각해 보는 시간들이 많아졌다.

　이 책에서는 영국에서 살았던 지난 두 번째 챕터,

스무 해의 삶을 다시 그려보며 그 동안의 에피소드들을 적어
보았다.

　내가 한국에서 태어나서 살았던 시간들과 비슷한 시간 동안
여기 영국에 살면서 아직까지도 이해하기 힘든 문화 차이들과
사고방식, 그리고 개인적으로 아직 잘 적응이 안 되고 이해되지
않는 부분들이 너무나도 많았다.

　부디 이 책이,

　영국이나 서양 국가로 이민이나 유학 등을 계획하시거나 서로
다른 문화 차이와 사고 방식을 이해하고 싶으신 분들, 또는 영
국 문화와 사고를 뼛속까지 알고 싶은 누군가 에게는 재미 또는
도움이 되길 바란다.

글쓴이: 박지희

표지 디자인: Jessica Li

영국 땅을 밟으며..

"흔히 영국을 두고 - 해가 지지 않는 나라-
라고 한다."

-역사적인 의미로는 빅토리아 여왕 재위시절(1837-1901), 영
국은 전 세계 식민지를 가지고 있었기 때문에 만일 영국 본토에
서 해가 진다고 하더라도 반대편에 있는 영국 식민지는 해가 뜨
는 시간이라고 한다. 때문에 항상 해가 떠 있는 영국 제국이라
는 뜻에서.. 한 마디로 전 세계 식민지를 보유하고 있는 초강대
국이라는 뜻에서 비유된 말이다.

하지만 오늘 난 이 의미를 저주받은? 영국 날씨에 무식하게 빗대고 싶어 진다. 반짝 해가 긴 여름? 외에 오후 세 네 시부터 어두워지는 영국 날씨가 난 너무나도 싫다. 더구나 비까지 추적추적 내린다.

그래서 영국 정부에서는 얼마 전부터 백인보다 피부색이 어두운 동양인이게 비타민 D를 처방하기 시작했다. (동네마다 다를 수도 있다) 동양인은 서양인보다 비타민 합성을 방해하는 멜라닌 색소가 더 많은데 햇볕도 부족하니 비타민 D의 섭취가 시급하다고 판단을 한 것 같다.

음...

영국은 여름 몇 달 외엔 정말 '해가 잘 뜨지 않는 나라'이다.

시간은 오래 전으로 거슬러 올라간다.

2000년 여름..

한국의 멋진 가을 하늘을 뒤로한 채 영국 히드로 공항으로 가는 비행기에 몸을 실을 때만 해도 그러했다. 해가 지지 않는 나라 영국에서 뭔가 흥미롭게 펼쳐질 것 같은 내 꿈. 그 큰 꿈을 한 가득 품은 채 히드로에서 다시 북아일랜드로 가는 비행기로 갈아타기 위해서 입국심사를 기다리며 내국인과 외국인의 차이 나는 긴 줄의 행렬과 빠지는 속도의 차이에 긴 한숨을 내쉬며 낯선 외국 땅에의 첫 발걸음을 내딛었다.

한국땅을 뒤로한 채 늦은 오후 런던 히드로에서 바라본 공항의 하늘은 대낮 같았다. 8월의 영국 하늘은 밤 10시, 11시가 되어도 밝았다. 한국 땅을 지구 반대편에 둔 채 이곳은 뭔가 밝고 환한 미래가 펼쳐질 것만 같은 느낌.

아… 이래서 '해가 지지 않는 나라' 구나 혼자 피식 웃음이 났다. 그러다가 9월.. 10월이 되면서 점차 어두워지기 시작하더니 10월말11월이 되니 오후 3시가 넘으면 어둑어둑해졌다. 거의 반년을 어둡고 추적추적 한 날씨와 함께 일상을 보내다 보면 그 긴 시간들은 해가 잘 뜨지 않는 해가 아주 귀한 나라가 되어 버린다. 날씨라는 게 인간에게는 굉장히 큰 영향을 미치는 것이라서 영국에서는 나만의 삶의 루틴과 활력이 될 만한걸 잘 찾지 않으면 은근 날씨 탓을 하면서 삶에 있어서의 Motivation(동기부여)이 줄어들 수도 있는 것 같다.

내가 스무 다섯 해를 살았던 나라, 뭔가 다이내믹하고 덥고 춥고 시원하고 따뜻한 사계절이 뚜렷한 나라, 그리고 내가 딱히 능동적으로 발버둥치지 않아도 주변 환경이 나를 가만히 두지 않아서 뭔가를 하지 않으면 불편하고 뒤쳐지는 기분을 느껴 왠지 열심히 노력하고 살 것 같은 나라 한국과는 달리, 영국은 모든 부분에서 내가 원하는 부분은 먼저 나 스스로 능동적으로 찾아내어 행동하지 않으면 안 되었다.

내가 뭔가를 하지 않으면 좋은 것도 싫은 것도 날 불편하게 간섭하는 사람들도 환경도 그러한 분위기도 딱히 없다. 요즘 유행하는 패션이나 메이크업 스타일, 심지어 들고 다니는 휴대폰의 기종까지도 뭔가 주변 사람들을 신경 써야 하게 만드는 한국, 뭔가 큰 돔 안에서 함께 더불어 산다는 기분을 들게 하는 일상이 바쁜 나라에서 너무 오래 살다 와서 그런지 처음에는 이 영국 생활이 너무나도 자유로웠다. 아무도 신경 쓰지 않아도 되고 신경 써 주는 사람이 없는 부분에 뭔가 자유의 희열까지 느꼈다.

하지만 그 동안 25년간을 한국에서 태어나 살면서 뼛속까지 깊게 베여 버린 한국문화와 그 생활방식의 차이 때문인지 여기서는 뭔가 직 간접적으로라도 나를 채찍질해주는 부분들이나 날 간섭해 주는 부분들이 없다는 점이 가끔씩 내가 무인도에 살고 있나 하는 기분을 느끼게 해 주기도 했다.

그러다가 스무 해 정도가 지나고 나니 이제는 여기가 너무 편해졌다. 하루에 사계절이 다 있다는 영국 날씨 덕분에 봄 여름 가을 겨울의 옷장을 따로 정리하지 않아도 되고 그냥 입고 싶은 옷을 꺼내 입으면 된다. 그래서 여름에 거리를 지나가다 보면 짧은 팔만 입은 아저씨도 있고 겨울 패딩을 입은 할머니도 계신다. 그래도 이상하다고 쳐다보는 사람들이 아무도 없다. 10년 전 휴대폰을 들고 다녀도 20년 30년 된 자동차를 운전해도 똑같다. 그냥 나는 나 일 뿐이야 라는 마인드로 살면 된다.

물론 모든 부분에서 스스로 계획을 세우고 나 스스로 뭔가를 능동적으로 해야 하지만 그것 또한 점점 익숙해져 갔다. 누가 시키지 않아도 간섭하지 않아도 다른 사람의 눈치를 보는 것이 아니라, 다른 사람을 위해서가 아닌 나 자신을 위해 능동적으로 계획을 세워 잘 살아가는 현지인들을 보면서 나도 모르게 어느 정도 자극이 된 것 같다.

　하지만 이 문화와 생활에 익숙해졌다고 생각하다가도 가끔 한국으로 여행을 가게 되면 어느덧 사람들이 입고 있는 옷과 유행을 신경 쓰며 옷을 고르고 있고, 다른 사람들과 비슷한 메이크업을 하기 위해 화장품 가게를 들르는 나를 보면서

　피시식 웃게 된다.

" 난 뼛속까지 한국인이야"

　그러다가 한국에서 꽤 오랫동안 정착해서 살고 있는 외국인들의 패션과 메이크업을 보면 그 또한 한국에서 어느 정도 유행하고 있는 것들에 따라가는 모습들을 보면서 그제서야 고개를 끄덕이게 된다.

"역시 인간은 환경의 동물이야"

영국생활에서의 에피소드들

병에 잘 안 걸리는 나라,
그런데 걸리면 죽는 나라.

　　우선 영국 병원 시스템에 대해 간단히 설명을 하면, 영국은 한
국의 병원 시스템과 많이 다르다. 모든 병원에서 국민 보험율을
적용해서 치료받는 것과 달리 영국은 국가에서 운영을 하는
NHS 의료 시스템으로 완전 무료이다. 더구나 북아일랜드는 아
주 예전에는 노인과 아이들 그리고 산모들만 약값이 무료였는데
지금은 의사를 통해 처방 받은 모든 약이 모든 국민에게 무료이
기까지 하다. 그야말로 요람에서 무덤까지, 나라가 국민 개개인
을 책임진다.

병원은 따로 돈을 지불해야 하는 프라이빗 병원도 있지만 거의 대부분의 국민들은 NHS에 등록이 되어 있어서 몸이 아프면 보통 동네 GP(General Practitioner) 의사를 찾아간다. 그런데 말 그대로 전문의가 아니라 가정의에 가깝다 보니 보다 전문적인 검사와 치료를 요구할 시에는 환자 상태를 보고 상담을 한 뒤 전문의사를 만날 수 있도록 레터를 써 준다.

그런데 신기하게 영국에선 잘 아프지 않다.

나도 한국에서 살 때에는 1년에 잔병치레를 적어도 몇 번씩은 꼭 했는데 여기선 공기가 좋은지 대체적으로 건강한 편이다. 감기 몇 번 걸려도 하루 이틀 따뜻한 차를 마시고 쉬면 괜찮아지는 편이고 병원에 간 적은 지난 20년간 손에 꼽힐 정도로 잘 없었던 것 같다. 물론 이건 개인적인 의견과 차이이겠지만 첨에 몇 번씩은 나 또한 애들이 조금이라도 아프면 꼭 GP를 보러 갔었다. 하지만 요즘은 항생제 처방을 받을 경우가 아니면 거의 집에서 푹 쉬고 약 먹고 하면 된다는 노하우도 어느 정도 생기게 된 것 같다.

그런데 문제는 조금 더 심각한 병 치료를 위해 전문의를 만나야 할 때가 문제이다. GP 동네 의사를 통해서 간단한 병은 상담해서 약을 처방 받지만 더 심각하면 의사가 레터를 써 주게 되는데 문제는 보통 기다려야 하는 시간이 Wating List에 따라 몇 주 혹은 몇 달이 걸릴 수가 있다는 것이다.

몇 년 전 턱관절이 너무 아파 엑스레이를 찍으려고 하니 거의 두어 달은 기다려야 했었고, 예전에 올케언니가 영국에 1년간 왔을 때에는, 갑자기 하혈을 계속해서 G P를 찾아갔더니 원인을 모르겠다고 하시며 우선 Letter을 써 주셨다. 병원에서 전문의사를 보고 검사를 하는데 아무리 빨라도 2개월은 걸릴 거라고 하시면서 그 동안 하혈하는 건 알약으로 멈춰보라고 하시며 약을 처방해 주셨다. 물론 두 달 동한 하혈을 하면 큰일 나는 거니 당연히 하혈은 약을 먹고 어느 정도 멈추게 되었고 두 달 후 전문의와 함께 자세한 검사를 했을 때에는 다행히 큰 이상은 찾지 못했다. 그리고 턱관절도 그렇고 살다 보면 그 외 웬만한 통증은 기다리다가 자연치유로 낫는 경우도 웃프지만 꽤 있었다. 그러다 보니 여기 현지 친구들도 농담 반 진담 반으로 그런다. 정말 시간을 촉박해하는 심각한 병에 걸렸는데 아프면 기다리다가 죽는다고…

물론 여기 영국에도 Private doctor가 있다. 그런데 좀 많이 비싸다. 그리고 프라이빗 병원에 대한 안 좋은 기억이 있어서 개인적으로 난 그다지 선호하지는 않는다. 아주 오래 전, 남편과 한국으로 여행을 갔을 때 여기 오기 직전 공항 가는 길에 발목뼈를 다쳐서 걷지를 못하고 휠체어까지 타고 겨우겨우 영국에 온 적이 있었다. 영국에 와서 우선 GP를 보러 갔고 의사가 추천을 해 주시는 Private 뼈 전문인을 만났다. 십분 남짓 여기저기 발목을 살펴보시더니 별다른 치료는 못 하시고 의사를 만나는 비용만 정확히 100파운드가 나왔다. 문제는 그때 정말 아무런 치료도 하지 않았고 본인이 아는 더 전문적인? 다른 의사를 소개해 주었다는 것이다. 발목을 보이기만 했다는 이유로 접수실에서 그 돈은 다 내야 했는데 그때 얼마나 속이 상하던지. 그 멀리까지 아픈 남편을 데리고 운전해 가서 시간 버리고 돈은 도둑맞은 기분? 까지 들었다.

원래 시스템이 그렇다고 그냥 가자는 남편 말을 뒤로하고 나는 다시 찾아가서 접수하는 여자 직원한테 잘 안 되는 영어로 우린 치료도 암 것도 못 받고 5분 동안 발만 보였다면서 따졌었던 나. 그때가 아마 영국에 온 지 얼마 안 되었기에 한국 병원과 비교만 하면서 전혀 이해를 할 수 없었던 것 같다.

지금은 그때보다 영어도 훨씬 더 잘하게 되었고 여기 상황과 시스템을 다 아는 지금의 나는 프라이빗 병원이라는 당연한 시스템에 혼자 열을 내며 절대 그렇게 바보같이 따지지는 않겠지만, 그때 접수실에 있던 직원이 무슨 잘못이 있다고... 지금 생각해도 피시식 웃음이 나온다. 어쨌든 프라이빗은 등록을 하려면 매달 내는 돈이 꽤 되고 그렇다고 그렇게 시스템이 빠른 것도 아니다.

예전에 MRI를 찍어보아야 하는 일 때문에 GP 한테 물어보니 Private 병원도 적어도 한 달은 넘게 걸릴 거라고 하고 또 거의 삼백만 원이 넘는 돈 (물론 프라이빗 등록을 해 놓은 경우에는 다를 것이다)을 내야 한다고 해서 그다 필요성을 못 느끼고 있다. 그래도 급할 때가 있을 수 있으니 울 가족도 등록하자고 하고선 어차피 그리 잘 아프진 않으니 하면서 차일피일 미루고 있기도 하다. 그리고 이건 어디까지나 소문이지만 소문에 의하면 GP나 프라이빗 의사나 그다지 실력에는 차이가 없다고 하는 주변인들도 있다. 같은 의사라는 말도 있다. 그래서 때론 경험 많은 GP를 잘 만나는 게 차라리 더 복일 지도 모르겠다. 어쨌든 아이들이 어릴 때는 아프면 꼭 G P 한테 데리고 갔었는데 어느 정도 큰 다음에는 그냥 집에서 해열제를 먹인다. 아무리 아파도 주사 한번 놓아준 적 없고 아이들에게 주는 건 보통Capol이라는 만병 통치약인 해열 진통제이다.

힘들게 아픈 아이를 데려 가도 결국 처방전 한 장.

결국 동네 약국에서도 슈퍼에서도 쉽게 살 수 있는 약이라 집에도 몇 병 쌓여 있는 약병을 또 받는 것…. 배 아파도 이가 날 때 이가 아파도 열이 나도 무조건 Capol 뿐이었다.

며칠 이상 아프면 다시 병원이 오라고 하시는데 다행히 공기가 너무 좋아 집에서 며칠 쉬게 하면 항생제를 처방할 일 없이 정말 거의 낫는다.

그러다가 아이들을 데리고 한국에 가면 꼭 크게 한 번씩 감기에 걸렸다. 처음에는 영국에서처럼 집에서 푹 쉬게만 했더니 중

이염이 왔다. 여기선 한 번도 걸려본 적이 없었던 병. 그래서 한 번도 맞아 본 적 없는 주사와 함께 왜 병원에 금방 데려오지 않았냐는 의사의 꾸지람과 함께 약을 처방 받았다. 24 동안 약 먹는 시간을 정확히 맞추어야 한다고 하셔서 밤 12시에도 자는 아이를 깨워서 한 번도 먹어본 적이 없는 영국에서는 웬만해서 잘 안 주는 항생제를 처음으로 먹였다. 하루 먹인 뒤 한국 의사한테 갔더니 이렇게 빨리 나은 애들도 드물다고 놀라셨다. 워낙 약을 안 먹어봐서 그런 듯 하다.

'나의 결론..'
"한국은 너무 과? 하고 영국은 너무 덜? 하다."
그래도 난 25년 동안 익숙했던 한국인 체질이라.. 아프면 곧바로 의사를 만나고 고침? 을 받을 수 있는 한국이 아직은 너무 편리하고 속이 시원하다.

또 한 가지,
병에 걸리지 말자. 병에 걸리면 진짜 죽을 수도 있다.
이건 여기 근처에 있는 대학교 총장님 와이프 얘기다.
장례식에 다녀온 한 선배의 말이었다.
아파서 병원에 갔고 또 그 Waiting List 때문에, 기다리다 검사 받고 또 한참을 기다려야 결과가 나오는 느린 시스템 때문에 결과 나와서 막상 치료를 하려고 할 땐 이미 암 말기였다고 한다. 그래서 병원에 입원해 있고 병 간병을 하던 여동생 분이 간병을 하다가 자기도 좀 안 좋은 것 같아서 검사 받았는데 그 결과가 동생분도 암 말기.. 그래서 간병하던 여동생 분이 그 병원에서 먼저 가시고 담에 말기였던 환자 언니가 돌아 가셨다고 하셨다. 기도 안 차고 씁쓸하다. 지금 글을 쓰고 있는 나도 왠지 불안해진다.

또 한 얘기는..
학교 친구의 이야기이다.

너무 허리가 아파서 G P 한테 갔더니 괜찮을 거라고 해서 돌아왔는데 한 달을 너무 아파하다가 다시 가서 너무너무 아프다고 큰 병원에 레터를 써 달라고 했더니 그냥 별 것 아니라는 식으로 조금 귀찮아하시면서 정 급하면 Private에 가 보라고 했다고 하셨다. 그래서 끝내 Private에 가긴 갔었는데 거기서 검사 나온 결과가 척추암이었다. 나도 제삼자한테 들은 거라 말한 사람이 좀 과대 표현한 거고 정말 레터도 잘 안 써 주었을까 싶지만.. 아마 레터 써 주고 기다렸다면 더 심각해졌을지도 모르겠다. 그나마 Private이 조금 빠르긴 한 거니.

물론 의료보험이 너무 비싸서 아파도 약도 처방 받지 못하는 다른 나라에 비하면 영국은 그나마 좋은 나라이다.

NHS라는 시스템이 긍정적인 면도 있지만 모든 국민을 만족시키는 완벽한 의료시스템이 되기엔 당연히 무료이기 때문에 느리다는 부정적인 면이 없지 않다.

하지만 중요한 건 적어도 영국에서 돈이 없어서 치료를 못 받고 죽는 경우는 없다.

심지어 유학생도 우리 친정 엄마도 잠시 영국에 여행 왔을 때 병원을 이용해야 했었는데 국민이 아닌데도 영국에 입국을 한 이상 모든 치료와 약은 국민과 동등했다. 물론 같은 영국도 지역에 따라 다를 수는 있다.

아주 예전에 한 한국 유학생 부부의 아기는 아기가 영국에서 태어났는데 심장이 태어나서부터 왼쪽이 아닌 가운데에 위치하고 있었다. 병원에서는 애기가 조금 크기를 기다렸다가 수술을 해야 한다는 진단이 나왔고 돌이 갓 넘은 뒤 나이가 되어서 수술을 할 수 있을 때에는 잉글랜드로 전용 비행기를 이용해 심장 전문 병원으로 이동을 시키면서 아기 보호자의 호텔 비용까지 다 지원을 해 주는 모습을 보았다. 물론 그 비싼 심장 수술비용도 전액 무료였다.

-요람에서 무덤까지-

를 그대로 실천하고 있는 영국의 의료 시스템.

너무 답답할 때도 많고 안타까울 때도 많지만 난 그래도 영국의 많은 부분들을 사랑하지 않을 수 없다.

그리고 농담 반 진단 반으로 진짜 죽을병에 걸렸다고 진단을 받거나 심각한 병에 걸렸다는 진단을 받으면 그때부터는 그 속도가 장난 아니게 빨라진다고는 들었다.

하지만
나의 결론은

"절대 아프지 말자.."

G P한테 한국처럼 종합 건강진단 체크 좀 해 달라니깐 그런 거 안 한단다. 하지만 어디가 안 좋다고 하면 피검사 정도는 해 준다.

종합 건강진단을 원하면 언제든지 모든 국민이 쉽게 자주 할 수 있는 나라는 대한민국뿐인 거 같다.

산후 후 다른 문화

아이를 출산하게 되면 나라마다 산모의 몸을 회복하기 위해 산모들을 위한 특식? 보양식? 전통식? 등이 전해져 오고 있다.

한국은 아이를 출산하면 미역국을 먹는다. 미역에는 섬유질이 많으며 장을 청소하는 효과와 배를 부르게 하는 효과, 그리고 모유 수유시 젖의 분비량을 늘려주고 칼슘과 무기질도 풍부해서 아이에게 빼앗긴 치조골의 칼슘을 보충하고 요오드와 미네랄이 풍부해서 자궁의 수축을 돕고 피를 맑게 하는 효능이 있어서 한국에서는 최고의 산후 음식이라 여긴다.

그럼 다른 나라는 어떠할까?

-중국(홍콩)

　내가 경험해 본 바 중국은 몸에 찬 기운이 빠져나가지 않도록 생강을 많이 마시고 먹게 한다. 모든 요리에 생강을 많이 넣었던 기억이 난다. 그리고 닭고기 표고버섯이 들어간 탕 요리나 푹 삶은 족발 요리를 영국에서 사셨던 홍콩계 시어머니께서 자주 들고 오셨다. 한 달 내내 미역국을 먹어야 하는 한국과는 달리 같은 동양인데도 다른 점이 많았다. 산 후 며칠이 지나면 뜨거운 목욕물을 받아 욕조에 생강을 가득 썰어 두고 몸을 담그면 산모에게 아주 좋다고 하기도 하셨다. 몸에 찬 기운이 빠져나가고 들어오지 않게 하기 위해서라고 하셨다.

　사실 3주가 채 되지 않았을 때 답답해서 못 참고 잠시 남편이랑 슈퍼를 다녀왔다고 하니 찬 기운이 몸에 들어가면 안 된다고 하시며, 실제로 그렇게 해 주셨다. 그때 남편과 함께 시어머니께서는 거의 생강 몇 킬로는 욕탕에 썰어 놓으신 거 같다. 물이 꽤나 뜨거워서 뜨거운 물과 함께 아주 잘 우러나는 생강탕?을 보며 여기에 꿀이나 설탕까지 타면 완전 생강차 일 거 같다는 생각을 하면서 몸을 담갔던 기억이 난다.

　그리고 확실히 생강 목욕 후 후끈후끈 열이 나면서 몸이 아주 개운해졌고 몸에서 찬 기운들이 다 빠져나간 기분까지 들었었다.

-영국

그럼 내가 아이를 출생했던 영국은 어떨까? 실제 주변 친구들한테 임신 때 특별히 먹으면 좋은 음식이 있냐고 물어보니 딱히 없고 정크푸드나 인스턴트 음식에서 좀 더 아기를 위해 건강식으로 챙겨 먹어야 한다는 정도가 대부분이었고 또 웃으면서 기네스를 마신다는 사람들도 있었다. 그때는 반 농담인 줄 알았는데 실제로 기네스의 성분이 산모의 뼈를 튼튼하게 해 준다는 속설이 있다. 북아일랜드는 영국이지만 아일랜드와 가까워서 실제로 기네스를 가끔 즐기는 산모도 많았다. 그리고 실제로 내가 임신을 했을 때 의사 선생님께서 다른 알코올은 안 되지만 기네스는 조금 마셔도 된다며 Iron이 풍부해서 산모에게 좋다고 말씀을 해 주신 기억이 난다.

어쨌든 내가 직접 경험한 영국 병원에서의 경험담만 얘기하자면, 영국에서 임신을 하면 Midwife라는 간호사 분께서 임신에서 출산까지의 상담과 간단한 체크 그리고 의사 옆에서 분만 과정 등등을 담당해 주신다.

한국은 모르겠지만 진통이 느껴지기 시작해서 병원을 가면 큰 병실에 주변 몇몇 산모들과 함께 각자 초음파 기계를 체크하면서 누워 있다가 진통이 심해지면 개인실로 옮기게 된다.

거기에는 졸음을 오게 하는 가스 호흡기 통이 있었고(미리 산모가 원하는 옵션) 방 어디선가에서는 잔잔한 음악이 흘러나오며, 그리고 내가 있었던 방에는 커다란 짐볼이 있었던 게 인상 깊었다. 병원이 아니라 아늑한 침실 같은 느낌까지 들었지만 그것도 잠시. 진통이 심해지면서 아이가 탄생하기 전까지는 온 세상이 하얘지도록 아팠던 기억뿐이다.

무엇보다 나와 우리 친정엄마를 깜짝 놀라게 했던 부분은 영국은 아이를 낳자마자 탈진한 상태에서 수고했다고 얼음을 동동 띄운 얼음물을 간호사분이 주신다. 난 한국 엄마의 신신당부와 거의 세뇌 수준으로 꼭 몸을 따뜻하게 해야 하고 한여름에도 항상 양말도 신고 그리고 절대 찬물은 마시면 안 된다고 귀에 딱지가 앉도록 들었기에 정말 마시고 싶었지만 감사하다며 그냥 미지근한 물로 바꿔줄 수 없겠냐고 양해를 구했었다.

그리고 아이를 출산하자마자 간호사분께서 목욕을 권했다. 엄마는 잘 안 되시는 영어로 그냥 NO,,, NO,,, 만 말씀하셨고 간호사들은 당황해서 어쩔 줄 몰라 하셨다. 욕조에 뜨거운 물을 다 받아놓고 산모를 데리고 가려고 했는데 절대 안 씻는다 했으니..

사실 목욕 부분은 예전 한국의 집 구조가 지금 같은 아파트 문화나 따뜻한 집 구조가 아니라서 목욕이나 샤워를 하다가 찬 기운이 몸에 들어간다고 권유를 하지 않았던 것 같지만 목욕 부분은 욕실에 따뜻한 공기를 만들어 놓고 하면 딱히 문제가 될 거 같지는 않다.(사실 엄마 몰래 준비해 주신 뜨거운 욕조에서 간단히 목욕을 한 건 비밀이다)

그리고 병원에서 지냈던 이틀 동안 아침식사는 시리얼과 토스트, 그리고 차가운 우유였다. 그리고 점심 저녁에도 한국과 중국 같은 산모를 위한 특식? 같은 건 없었고 삼 세끼 그냥 일반 병실 음식이었다. 그래서 친정어머니께서는 병원에서 나오는 병원 밥은 당신이 드시고 나에게는 집에서 끓여 오신 미역국을 꼭 먹게 하셨다. 딸에게 미역국을 끓여 주시기 위해 한국에서부터 이것저것 재료를 들고 오셨다. 이러한 모습들이 또 영국 현지인들에게는 또 다른 이해하기 힘든 신기한 문화의 모습으로 다가왔을 것이다.

그래서 생각을 하게 되었다.

"그럼 서양인과 동양인은 체질적으로 다른 걸까."

분명 지혜로우신 아시아 조상님들께서 이유 없이 이러시지는 않았을 터인데 라는 생각을 하면서 얼마 후 그 해답은 깨끗이 해결되었다.

둘째 때는 출산 후 독방에서 지냈지만 첫째 때는 몇 명의 산모들이 같이 생활을 했었다. 첫째 출산 후 나의 옆 침대에는 나보다 몇 시간 뒤 출산을 한 산모분이 오셨다. 둘 다 첫 출산이었고 몇 시간 차이로 태어난 아이들이라 신기해하면서 여러 가지 얘기들을 나누었었다. 그러다가 삼 일째가 되어 둘 다 퇴원을 하게 되었다.

나는 아이와 같이 온몸을 꽁꽁 싸매고 곧바로 집으로 가는 자가용 안에서 벌벌 떨고 있었다. 시내를 지나는 데 바로 차 문 밖으로 익숙한 모습이 지나간다. 날씨 좋은 봄날 샌들에 짧은 치마를 입고 남편과 유모차를 밀면서 분명 어제까지 나보다 아기를 늦게 출산하고 꿍꿍대면서 누워있었던 그 옆자리 산모가 나에게 손을 흔들고 있었다. 나도 환하게 웃으며 손을 흔들었고 우리들의 너무나 비교되는 다른 그 모습과 상황에서 난 순간 느꼈다. 그리고 왠지 우성과 열성 DNA 차이에서의 회의감마저 느끼며 그냥 날 있는 그대로 받아들이기로 했다.

"그래 서양인과 동양인은
그냥 체질이 다른 거야."

그래서 난 3주를 거의 꼬박 집 안에서 지내면서 몸이 완전히 회복되기까지는 제대로 된 외출은 생각도 안 하게 되었다.

두 아이를 출산했던 리스번 병원

20년 동안 몰랐던 당근의 맛

    부모님께서 하시던 레스토랑을 이어서 운영하던 남편의 형 가게에는 오래된 단골손님이 참 많다. 그 중 20년 된 단골손님의 이야기이다.

    한 동네 같은 자리에서 30년을 훨씬 넘게 한 가게이니 웬만한 동네 사람들의 입맛은 형 가게 요리와 긴 시간을 함께 했을 것이다. 그리고 그 음식들은 부모님과 함께 종종 어릴 적부터 즐겨먹던 음식이었고 또 본인이 결혼을 해서 자식들과 함께 즐겨먹는 음식이 되곤 할 것이다. 한 번은 나이가 50대 정도로 되어 보이시는 한 단골손님께서 형한테 찾아와 얘기를 하신다.

    "마틴, 이제부터는 내 음식에도 꼭 당근을 넣어줘요"

사실 그 손님은 당근을 전혀 못 먹는 손님이었다. 단골 20년 손님이니 당연히 가게에서도 다 알고 항상 모든 음식에 당근을 빼고 만들어 주었다.

그런데 한 번은 새롭게 일한 카운터 직원의 실수로 - No Carrot- 라는 단어를 빼먹고 주문서를 주방에 넣었던 것이다. 20년 만에 처음으로 아님 평생 못 먹어보던 당근을 처음으로 먹던 손님은 의외로 맛있다 느꼈고 그때부터 본인은 당근을 못 먹는 게 아니고 그냥 어릴 때부터 안 먹은 것이라고 깨달았던 것이다.

사실 아이들을 키우면서 아이들 친구들을 보면 별로 놀랄 일이 아니었다. 20년 동안 당근을 안 먹거나 못 먹게 된 건 어린 시절 식습관의 잘못에서 나온 것 같다는 생각이 든다. (이 책의 뒤쪽에서 다시 언급을 하겠지만) 대부분의 서양이나 영국 부모님들이 아이들 교육에 있어서 특별히 중요하게 여기는 것 중 하나가 존중이다.

굉장히 어린 나이에서부터 아이에게 선택권을 주고 그리고 그 선택을 굉장히 존중해 준다. 물론 참 좋은 점이고 많은 아시아 부모님들이 많이 본받아야 할 부분은 맞다.

하지만 그 모든 99개의 장점을 두고 굳이 1개의 단점을 얘기하자면 바로 음식에 대한 부분이다.

너무 어릴 때부터 " 난, 당근이 싫어!"라고 말했을 때 아이는 그 당시 하필 삶은 요리로 먹은 당근이 너무 물렁하고 맛이 없었을 수도 있고, 아님 간식처럼 생 당근을 잘라줬는데 그게 목에 막혀서 당근에 대한 기억이 아주 안 좋아졌을 수도 있다.

그렇게 되면 어릴 때부터 가족과 함께 테이블에 앉아 함께 식사를 하면서 부모님이 여러 가지 고기들과 야채들을 골고루 먹기를 아이에게 권하면 아이는 자연스럽게 음식에 대한 편견을 가지고 의견을 말하게 된다.

"난 당근은 싫어요, 당근 대신 이것 주세요"

할 수가 있을 것이다. 그리고 부모님들은 별 대수롭지 않게 아이의 의견을 존중해 준다. 그리고 억지로 권유하지 않고 자연스럽게 우리 아이는 당근을 안 먹는구나 싫어하는구나 생각하게 된다.

문제는 이렇게 되면 아이의 뇌 속에서 당근은 내가 싫어하는 음식이 되고 먹기 싫은 음식이 되며 나중에는 난 당근을 못 먹는 사람이 되는 것이다.

이때 나라면 어땠을까?

그냥 찌거나 삶은 당근을 아이가 싫어하면 볶아서 볶음밥에 넣을 수도 있고 동그랑땡을 만들어 당근을 포함한 온갖 야채를 다 넣을 것이다. 그리고 달걀말이를 하면서 당근을 넣어 볼 수도 있을 것이다. 특별한 어느 음식에 대한 엘러지가 없는데도 특정 음식을 싫어하거나 못 먹는 건 어릴 적 잘못된 식습관에서 많이 온다고 난 생각을 한다. 그리고 조금 싫어하게 된 재료가 있어도 다르게 접근을 다시 시도해 보면 의외로 맛이 있을 수도 있을 것이다.

한 번은 남편의 사촌 가족을 초대한 적이 있다. 이것저것 한국 음식도 만들고 피자도 굽고 나름 다양한 요리를 준비했는데 친척의 아이가 먹을 음식이 아예 없던 점에 꽤 놀란 적이 있다. 그래도 와이프는 영국에서 태어난 아시아계이고 남편은 영국 남자였으니 더 다양한 음식을 접해서 음식에 대한 편견이 덜하지 않을까라고 생각했던 건 나의 착각이었다.

아이의 식습관을 어떻게 가르친 것인지 초등학교 1학년 정도의 여자아이가 피자에 토핑을 한 그 어떤 야채도 못 먹는 것이었다. 그냥 토마토소스와 치즈 외에 다른 재료가 추가되어있으면 아예 못 먹는다.

아니 안 먹는다.

놀라운 건 부모님들이 아주 자연스럽게 우리 아이는 이것 이것만 먹는다고 딱 단정해 버리는 것이었다. 그래서 유일하게 먹을 수 있는 피자는 치즈만 토핑이 된 피자였다. 김밥, 불고기, 피자, 유부초밥, 잡채 등 그 많은 음식들 중에 먹을 음식이 없었던 점이 난 너무 기도 안 찼던 기억이 있다. 다행히 아이는 밥은 좋아한다기에 맨밥만 먹이던 게 생각난다. 그 당시 동갑내기였던 우리 딸은 못 먹는 음식이 거의 없었기 때문에 내 기준에서는 도저히 이해를 할 수가 없었다.

아이의 학교 친구들, 그리고 친구의 가족들을 초대하거나 같이 식사를 하면서 느낀 점이 그랬다.

"우리 아이는 이것은 좋아하고 이런 재료나 음식들은 못 먹어요"

하고 부모들조차 다른 방법으로 많이 시도해 보지도 않고 아예 그 의견을 존중해 주고 그냥 단정해 버리는 점이 참 나와는 다른 사고방식이었다.

그래서 영국의 아이들 중 아예 야채를 안 먹는 아이들이 많아서 그 식습관과 건강의 문제점을 다룬 프로그램도 종종 볼 수가 있다. 이런 여러 가지 이유로 주변 사람들을 보고 느낀 건 어른이 되어서도 편식을 하는 영국인들이 참 많은 것 같다.

하기야 동네 현지 친구는 심지어 어릴 때부터 평생 생선을 한 번도 안 먹어봐서 생선이나 바닷가에 사는 그 어떤 음식은 싫어하고 아니 싫을 것 같고 아예 못 먹는다고 하는 친구도 있을 정도였다.

어릴 때부터 너무 의견을 존중해 준 나머지 그 음식을 시도해 볼 수 있는 기회까지 놓쳐버린 건 아닌가 싶다. 그래서 그렇게 자란 어른의 자식들은 더더욱 다양한 음식을 접해 볼 수 있는 기회까지 잃어버리게 되는 악순환으로 연결되는 것 같다.

세상은 넓고 다양하고 맛있는 음식들이 너무나 많은데. 이 부분들은 참 안타까운 것 같다.

프랑스나 스페인 친구들만 봐도 해산물이나 다양한 음식을 즐기는 사람들이 많은 것 같은데 내가 보기엔 유독 영국인들이 편식이 심한 것 같다.

주변이 다 바다인데도 조개나 오징어 같은 해산물을 아주 즐겨 먹는 영국인들은 잘 볼 수 없으니 말이다.

영국에서 가족을 위해 직접 만든 요리들. Instagram: alison__kitchen

영국인은 신사?

"영국인들은 신사"

라는 말을 많이들 한다. 정말 그러할까?

결론은 맞다.

gentleman!

정말 gentle하게 행동을 한다. 여기서 15년을 넘게 운전했지만 거리에서 함부로 경적을 빵빵 울려대는 모습은 정말인지 보기 어려운 건 사실이다. 사실 난 시내 운전할 때 한 번을 제외하고는 15년간 거의 경적을 들어보지 못했다. 한국에 비해서는 양

보도 진짜 잘해 준다. 먼저 가라고 멈추어 주면 거의 백 프로 차 안에서 상대방에게 미소 지으면서 손도 서로 들어준다.

한국에서 운전하면 "운전할 때 얌전한 사람도 다른 사람이 된다" 라는 말과는 달리 영국에서는 운전할 때는 운전하다 보면 착하게 살아야지 하는 생각도 종종 들게 만든다. 여기가 시내 외곽이라 그런 것도 있겠지만 전반적으로 친절하고 신사적이다.

외국 사람들이 한국에 와서 가장 의아해한다는 것 중 하나가 거리를 걸어 다니는 한국 사람들의 무표정이라고 한다. 하지만 여기에서는 특히 산책을 할 때에는 거의 모두가 서로를 지나칠 때 눈을 마주치고 hello인사를 건넨다. 그래서 왠지 그날 기분 나쁜 일 있어도 거리를 걸어 다닐 때에는 사람들이 지나가면 살짝 이라도 약간의 미소를 짓고 걸어 다녀야 할 것 같은 기분마저 든다.

또 한 가지..
이건 정말 한국에서는 본받아야 할 점이라 느낀 부분이다.

공공장소든 어디를 가던지 문을 열고 들어 가고 나갈 때는 항상 뒤에 오는 사람을 배려해서 문을 약간 잡은 채로 기다려 준다. 이것이 나도 습관이 되어 한국에 잠시 들어가서 쇼핑센터를 가거나 문이 있는 곳을 지나칠 때에는 항상 문을 열고 나오면서 나도 모르게 문을 잡고 뒤를 배려하게 된다.

아이가 어릴 때 한국에 들어갔을 때의 이야기이다. 백화점에서 유모차를 밀고 들어가면서 미닫이 문을 손과 발을 다 사용해서 힘겹게 혼자 열고 들어갔다. 들어가니 한 번 더 있는 문.. 마침 앞사람이 가길래 나도 마치 엘리베이터 같이 타려고 달려가듯 힘차게 유모차를 밀면서 다가갔다. 그런데 정말 그때는 충격이었다. 영국이라면 특히 유모차를 밀고 들어가는 모습이 보이면 멀리 서라도 다가와서 문을 잡아주는 게 보통이고 앞사람과 한참 거리가 있는데 본인이 들어가면서 너무 오랫동안 문을 잡으며 기다려줘서 미안할 때도 많은데 한국에서는 전혀 뒤를 배려하지 않는 사람 때문에 거의 유모차에 탄 아이 다리가 문에 치일 뻔했다. 잡아 주지는 못할 망정 뒤에서 누군가 온다면 미닫이 문을 조금 배려해서 살살 닫아줘야 할 것을…

그런데 10년 전보다는 한국도 많이 나아진 것 같다.

내가 어떤 나라에서 태어나서 어릴 때부터 주욱 자라났다면 어떠한 모습들이 남이 보기엔 이상해도 그 안에서는 전혀 이상하지 않는 모습들도 많을 것이다. 하지만 이러한 다른 사람에 대한 배려는 우리 한국인이 꼭 배워야 할 것 같다.

난 사람은 다 똑같다고 생각한다. 단지 그 나라에서 자라고 보면서 익힌 습관들이 나도 모르게 배어 나오게 되는 걸 보면 그 환경이라는 것이 얼마나 우리들에게 중요한 것인지 실감하게 된다.

무엇보다 남을 배려하고 피해를 끼쳐서는 안 된다는 교육을 어릴 때부터 확실히 시키는 영국이다. 학교에서도 가정에서도 그 인성 교육을 아주 중요시 생각하고 가르친다.

　어느 나라든 좋은 점 나쁜 점 그래서 배울 점이 있다고 본다. 그 중 좋은 점은 받아들여야 하지 않을까.

　하지만 신사와 배려가 많은 영국인들의 성향에도 겉과 속이 다른 모습들이 있다.

　실제로 영국에서는,

　Curtain twitcher(커튼 트위쳐)

　이라는 말이 있다. 이것은 영국에서 쓰이는 속어나 은어로,

　"A nosy person who watches his or her neighbours, typically from a curtained window."

출처: Wiktionary

　말 그대로 영국의 신사 숙녀들은 겉으로는 남의 일에 태연하고 무관심해 보이지만 늘 옆집에서 무슨 일이 일어나나 촉각을 곤두세우고 커튼 뒤에서 살짝 엿보는 습성이 있다고 한다.

　이 부분을 실제로 정말 느꼈던 적이 있는데 영국에 온 지 얼마 되지 않았을 때였다.

그때는 동네 이웃도 가족 외에는 그 누구도 아는 사람이 없었다. 매일 버스를 타고 학교를 왔다 갔다 했고 학교- 집- 학교-집이 거의 일상생활이었다. 그러다가 몇 달이 지나고 조금씩 이웃 사람들 얼굴도 알아볼 때 즈음 우연히 옆집 아줌마와 산책을 하다가 얘기를 나누게 되었다.

이런저런 얘기들 속에 내가 놀란 건

" 엘리슨, 우리 딸이 그러던데 너 저번 주 수요일에 핑크 가방 들고 버스를 탔다던데 너무 그 가방이 이쁘다더라" 난 딸이 누군지도 모르는데 딸은 내가 누구고 어디에 사는지도 아는구나 생각이 들었다. 그리고 그뿐이 아니었다. 무슨 요일에 내가 신었던 신발이 특이하던데 그건 여기서 산 게 아니고 한국에서 산 거냐는 등등 모르는 주변인들에 둘러 싸여 나의 일거수일투족을 감시 받는 기분이었다.

'서로 관심도 없는 것 같은데 언제 이렇게 나를 보고 있었지?' 그때는 내가 동네에 살고 있는 유일한 아시안이라서 나는 그들? 을 잘 모르지만 얼굴도 모르는 많은 이들은 날 주목하고 있구나 라는 생각을 했던 기억이 난다.

하지만 - Curtain twitcher(커튼 트위쳐)- 라는 말을 들은 이후, 난 고개가 끄덕여졌다.

겉과 속이 다르다고 나쁘게 볼 수도 있겠지만 난 차라리 요즘 같은 사회에서는 인간미까지 느껴진다. 사람은 국적을 떠나 누구든 고상한 척 쿨 한 척 해도 누구든 그 진짜의 모습은 모르는 것이니까.

차라리 요즘의 한국사회처럼 점점 이웃과 왕래가 없어지며 아파트 생활로 윗집과 옆집에 누가 사는지도 모른 채 살아가는 살아가는 사람들도 많아지고 실제로 다들 살기에 바빠서 옆집이나 이웃에 너무나도 무관심 해 지는 것보다는 차라리 더 따뜻함이 느껴지는 것 같다.

실제로 한국에서는 이사도 자주 가니 더 그러한 것 같다.

영국에서 살면 보통 결혼을 하면서 집을 장만하고 아이를 낳고 아이를 보내고 평생 그 집에서 사는 경우가 대부분이다. 도시와 외곽지역일수록 그렇겠지만 솔직히 우리 집도 결혼하면서 새 집을 지을 때 들어왔고 아이 둘을 키우면서 벌써 20년이 흘렀다. 그런데 동네 주위 이웃들을 보면 거의 그대로이고 대부분은 함께 아이들을 키우고 함께 늙어가고 있는 기분이다.

'무브투 헤븐'이라는 한국 드라마에서도 다루었듯, 한국은 1인 가구가 늘어남에 따라 혼자 고독사나 병으로 죽어도 서로 커튼을 열기는커녕 결국 시체 썩은 내가 진동을 해야 신고하는 경우가 많다고 한다. 세상은 점점 더 살기 좋아지는데 뭔가 인간들에게서는 점점 더 고립되는 쓸쓸함이 느껴진다.

그래도 영국인들은 만날 때마다 웃으면서 하이~라고 인사를 건네주고 커튼 뒤에 숨어서 이웃의 동태라도 살펴주고 위험할 때 신고라도 해 주니 고맙고 다행인 것 같다.

'관심의 차이...'

한국에 살면서 느껴지는 간섭과 영국에서 느껴지는 관심은 분명히 차이가 있다.

난 한국 사람들이 서로에게 관심이 지나치다고 생각했고 영국인들이 무관심하다고 생각했었다. 왜냐하면 한국에 가면 나도 괜히 남들처럼 유행을 따라가야 하고 남들 눈치가 보여서 쓸데없는 것까지 에너지를 쏟을 일이 많다면 영국에서는 내가 20년 된 차를 타던 아주 옛날 기종의 휴대폰을 쓰던 여름에 혼자 패팅을 입고 다니던 아무런 눈치가 안 보인다. 그리고 영국에서 살아보면 다들 그런 건 신경 안 쓰고 자기 하고 싶은 대로 자기 개성대로 다닌다.

하지만 이 관심에는 분명히 차이가 있다.

그 관심이 그냥 상대방이 궁금한 관심이 된다면 아무런 문제가 없지만 그걸 넘어서서 다른 것과 다른 사람의 사고와 생활방식에 대한 지나친 간섭이 되어버린다면 서로에게 해가 되는 독약이 되어버리는 것 같다.

어쨌든 영국인은 천하에 둘도 없는 신사와 매너쟁이들이면서
또한 훔쳐보기 선수이며, 겉과 속을 잘 알 수 없을 때가 많은 이
해하기 어려운 국민들이지만

내 결론은 이렇다.

"영국인들은 신사다.

신사가 맞다"

어두운 나라

영국에서 20년을 살다가도 한국에 몇 주만 다녀오면 이상하게
도 답답하게 느껴지는 부분들이 있다. 공항에서부터 집으로 가
는 길부터 뭔가 어둡다. 한국만큼 가로등이 많지 않아서 그런지,
우선 가로등 색깔도 흰색이 아니라 오렌지 색깔이라 그런지...

그리고 가장 답답하게 느껴지는 부분이 어두침침한 집들과 창
문에서 새어 나오는 조명의 색이다. 살다 보면 분위기도 있고
예쁘기는 한데 가끔은 좀 한국처럼 환했으면 좋겠다는 생각이
든다. 특히 한국에서 휴가를 갔다가 돌아오면 더더욱 뭔가 답답
한 기분이 든다. 아니면 환해야 하는 공간은 좀 하얀색으로 환
하게, 분위기가 어두워도 되는 공간은 분위기 있게 하는 것도

좋겠는데 영국에서는 하얀 불빛(여기에서는 Cool White light 라고 한다)을 집 안에서 거의 볼 수가 없다.

영국은 봄, 여름, 가을, 겨울의 사계절이 있기는 한데 여름은 선풍기나 에어컨 없이 지낼만하고 겨울에는 영국 겨울이 가장 추울 때=한국 겨울의 평균 온도보다+5도가 높다고 생각하면 된다. 대신 눈 대신 비가 온다. 그리고 여름 서너 달은 8시간만 어둡고 16시간이 해가 떠 있다면 나머지 달은 점점 어두워지기 시작해서 반대로 16시간이 어둡고 8시간만이 밝아진다. 그래서 더욱더 조명은 중요한 것 같다.

영국에 온 지 얼마 되지 않았을 때의 느낌은 거실이나 화장실, 복도는 백열등을 사용해도 분위기 있고 괜찮았는데 공부방이나 서재까지 노란 오렌지 색은 너무 답답하게 느껴졌다. 그래서 데스크 램프라도 하얀색 불이 있었으면 좋겠다 생각하고 그 당시 home base(집 안, 정원을 꾸미거나 전구 조명 등을 파는 가게)를 찾아갔다. 샘플로 장식된 데스크 램프들의 색도 다들 오렌지 색에 노란 은은한 빛 뿐이었고 아무리 찾아도 흰색 전등을 찾을 수가 없기에 직원을 불러 방 불빛을 하얀색(한국 같은 형광등을 따로 설명할 단어도 몰랐다)으로 바꾸고 싶은데 없냐고 물었던 기억이 있다. 아니면 공부를 할 때 쓰는 데스크 램프라도 하얀색이 없냐고.. 점원이 도저히 이해를 못 하는 눈치기에 난 순간 그 매장 천장 아주 높은 곳에 있는 형광등을 가리키며 저런 하얀색을 살 수 있는지 없는지 질문을 했다. 하지만 직원은 어리둥절 의아한 표정을 지으며 저런 불은 일반 가정집용으로는 없다는 설명을 했다. 하지만 그 표정은 딱히 본인도 잘 이해하지 못한 표정이었다.

그래서 난 급기아 이렇게 물었다.

"넌 학생 때 책상에 앉아서 어떤 데스크 램프를 썼어?"

그러자 직원이 말했다.

"난 항상 다이닝 테이블에서만 숙제를 하고 공부를 했어."

(아이들 말로는 친구들 방에 큰 티브이와 화장대, 멋진 옷장이 나 큰 베드는 있어도 책상 없는 친구들은 꽤 많다고 한다. 정말 로 영국 아이들은 다이닝 테이블에서 숙제를 많이 한다. 그래도 중 고등학생이 되면 자기 방에서 제대로 공부를 해야 하는 책상 과 조명은 가장 중요한데... 한국은 공부하는 학생방에 침대는 없어도 책상은 꼭 필요한데 여기에서는 다른 건 다 없어도 방 안에 침대와 거실 안에 소파가 없는 건 상상이 안 간다.)

그리고 울 동네에 이케아가 들어오기 전까지 그날부터 몇 년 간 난 내가 원하는 색은 못 구했다.

시간이 지나고야 알게 되었지만, 은은한 빛을 내는 오렌지 노란색을 영어로는 Warm White Light라고 하고 내가 그토록 원했던 흰색 빛은 Cool White Light라고 한다.

요즈음은 아마존이나 이케아에 가면 LED Cool White Bulb라고 하면 살 수가 있다. 하지만 여전히 영국 가정에서 Cool White를 사용하는 모습은 거의 본 적이 없다. 물론 우리 집은 이제 내 소원대로 아이들 공부방과 밥을 먹는 다이닝 룸은 Cool White Light로 거실, 복도, 키친과 다른 방들은 은은한 Warm White Light를 쓰고 있다.

근데 정말 맹세컨대 10년 전만 해도 일반 매장에서는 Cool White Light는 거의 잘 팔지도 않았다.

(요즘 주변 한인들한테 이런 얘기를 하면 잘 안 믿는다..)

영국에서 한 참 지낼 때에는 이 은은한 불빛이 더 편하고 좋다가도 매년 여름 한국에 한 달 남짓 다녀오면 이상하게도 칙칙하고 어두운 기분이 든다. 한국만큼 가로등도 환하지 않고 가정에서는 형광등을 거의 쓰지 않고 백열등을 쓰니 확실히 나라 전체가 어두침침하고 조금은 답답한 기분이 있다.

20년을 살아도 항상 드는 기분…

반대로 영국에서 있다가 한국을 가면 너무 밝아서 정신이 없고 가슴이 두근두근 거리고 항상 뭔가 열심히 움직이고 일해야 할 것 같은 기분이 든다. 공항에 내려서 공항버스를 타고 대구 고속버스 터미널에 내려 마중 나온 가족들 차를 타고 집으로 가면 가는 길이 항상 저녁 시간이었는데 온갖 네온사인들과 번쩍번쩍한 가게들 조명을 보면 얼마나 어색하고 가슴이 두근두근거리는지 그 느낌은 뭐라 표현할 수가 없다.

하지만 한국에서 영국에 와서 어둡고 침침하다는 생각은 하루 이틀을 지나면 다시 익숙해진다. 사실 계속 있으면 오렌지 빛을 띤 백열등은 확실히 마음을 차분하게 해 주고 은은하게 공간을 밝혀줘서 로맨틱한 분위기와 여유로운 마음을 주는 것 같다.

뭔가 와인 한잔과 촛불을 연상케 하는 분위기랄까…

여름 몇 달을 제외하고는 오후가 되면 어둑어둑해지니 영국에서는 이런 분위기가 왠지 잘 어울리는 것 같기도 하고. 나도 이제 적응을 많이 한 듯.

이젠 한국도 예전에는 가정집에서도 거의 형광등만을 많이 썼는데 요즈음은 서재나 미디어룸 베란다 현관 같은 곳에서는 백열등을 많이 사용하는 것 같다.

나의 한 가지 바람이 있다면 이런 벽난로 딸린 어두침침 분위기 좋은 영국 단독 주택을 그대로 서울 도심 한가운데에 딱 가져다 두었으면 좋겠다.

그리고 이 글을 쓰고 있는 지금 나도 다이닝 테이블에 앉아서 구석에 있는 간접 조명 Warm White Light와 촛불을 켜 두고 잔잔한 음악을 들으며 글을 쓰고 있다.

나도 영국인이 다 되었나 보다

어두 침침한 우리 집 12월의 조명들

다른 문화 다른 사고 방식들

기다림의 미학 1/ 느려 터진 토끼

20년간 영국에서 살아오면서 꽤나 빠른 걸 좋아하고 급한 성격이었던 나는 참으로 많이 달라졌다.

요즘은 나 자신이 기특해질 정도이다.

하지만 누구든지 나처럼 영국에 오래 산다면 다 똑같아질 듯.

처음에는 영국의 모든 부분이 느려 터져 답답해 죽을 것만 같던 나도 어느 순간 그냥 화가 많이 나는 상태에서 안달- 짜증- 초초함- 그리고 포기와 해탈의 경지까지 이르다 보면 이제 한국의 빠릿빠릿함이 어색해지기도 한다.

요즘은 여기도 그나마 IKEA 같은 대형 DIY 매장이 들어와서 좀 나아졌지만 내가 첨 유학을 왔던 2000년대 초반에만 해도 영국 외곽이나 시골에서 침대를 주문하면 걸리는데 몇 개월은 보통이었다. 가게에 디스플레이 되어 있는 걸 보고 주문을 하면 몇 주 내지 몇 개월이 걸리는 건 보통이었다. 그때 학교에 다니면서 영어 선생님께 가구 주문을 했는데 너무 느리다고 투덜거렸더니 선생님이 자긴 바닥에서 6개월째 주무시고 계신다고 하셨던 기억이.

그래서 농담이지만 침대를 주문하면 그때부터 원산지에 가서 나무라도 잘라서 만들어 오늘 줄 알았다.

거기다가 서비스 마인드는 어떻게 된 것이 엉망이었다.

지금도 있지만 예전에는 ARGOS라는 백과사전 만한 큰 잡지 책에서 물건을 많이 주문했었다. 그냥 먹는 거 빼고 모든 걸 살 수 있는 주문 책이었다. IKEA가 영국 곳곳에 들어오기 전까지는 아고스에서 정말 많은 주문을 했었다. 집에서 쓰는 주방용품부터 정원 가꾸는 물품, 그리고 침대와 소파, 텔레비전과 냉장고까지 없는 게 없었으니까.

작고 간단한 건 동네마다 있는 아고스 매장에 가서 주문을 하고 물건을 받으면 되었지만 가구나 침대 같은 큰 물건은 주문을 하면 배달을 해 준다. 그때 걸리는 시간은 보통 2주에서 3주. 나쁘지 않았다.

한 번은 아고스에서 장식장을 주문했다.

주문한 건 다이닝 룸에 놓을 장식장이었는데 돈을 좀 더 주고 DIY(많은 가구들은 플랫 상태에서 오면 집에서 조립을 한다)가 아닌 다 만들어진 완성품을 주문했는데 아랫부분인 서랍장 위에 윗부분 장식장을 얹어놓는 모양이었다.

문제는 위아래 두 부분이 두 상자로 배달이 되어야 했다. 2주가 좀 넘어 물건이 도착했다. 아주 들뜬 마음에 오픈을 해 보니 두 박스다 아래쪽 서랍장이었다. 너무나 황당해서 배달해 준 아저씨 전화번호가 있어서 전화해 보니 자기랑 상관없다고 본사로 전화를 해 보라고 하셨다. 그래, 그렇겠지. 그리고 본사로 전화를 해서 따겼더니 아직도 이 말이 생생하다.

" It's not my fault. I will contact the manufacturer."

(난 이때부터 영국인들의 변명, "내 책임이 아니다"는 말을 무지 싫어하게 되었다. 직접적인 책임은 아닐지라도 본인들이 그 회사에서 일하는 이상 어느 정도의 그 회사에 대한 소속감 내지 소비자에 대한 서비스 마인드가 있어야 하는 거 아닌가. 이 말을 한 이상 본인이 책임을 져야 하니 꼭 해야 할 때 미안하다는 말을 참 안 하는 거 같다.)

그리고 빨리 제대로 배달을 해 달라고 했더니 collecting 아저씨를 보낼 테니 2주 정도가 걸린단다. 난 그냥 장식장 위쪽을 들고 와서 배달해 주고 동시에 잘못 배달된 아래쪽을 가져가면 되지 않냐고 했더니 매뉴얼이 그렇지 않다는 말뿐. 반송 처리를 하고 다시 배달해 줘야 한다고 했다. 이 융통성 없는 시스템. 답답해서 미칠 것 같았지만 따져도 방법이 없으니 기다렸다.

그래서 2주 후에 아저씨가 와서 가져가고 또 2주 후에 새로운 물건이 도착.

그런데 정말 환장할 일이 벌어졌다.

이번엔 똑같은 위쪽 장식장만 두 박스가 왔다.

이 즈음되면 이 시스템은 바보인가 싶기도 하고 너무너무 화가 났지만 콜 센터 쪽은 또 자기네들 잘못이 아니라고 한다.

똑같은 반복으로 또 2주를 기다려 아저씨가 와서 가져가고 또 2주 후에 물건이 와서 드디어 바로 된 위쪽과 아래쪽 장식장 두 박스를 배달 받게 되었다.

그렇게 나의 장식장은 처음 주문부터 꼬박 서너 달이 걸렸다.

시간이 걸린 것도 화가 났지만 이 상황에서 아고스로부터도 아님 그 누구로부터도 사과를 받지 못한 부분이 너무 화가 났다. 누구의 책임이라는 것인가.

그래서 난 편지를 썼다.

그냥 무작정 책에 있는 아고스 본사 앞으로.

소비자에 대한 서비스와 그 책임감에 대해 그럼 이 상황에서 아고스는 누가 책임을 질 것이며, 이 장식장을 복도에 수개월을 두면서 어린애들을 키우고 있는 집에서 애들이 지나가다 머리를 부딪히고 불편했던 시간들은 누가 책임을 질 것이냐고. 아무도 잘못이 없다고 하는데 이 시간 동안 내 돈을 지불하고 긴 시간 동안 잘못된 배달로 물건을 사용하지 못했던 나의 스트레스는 누구의 잘못이냐고.. 말도 안 되는 문법 다 틀리는 영어로 된 손편지를 A4용지에 가득 두 장은 보내었던 것 같다.

그때는 지금보다는 확실히 삶에 열정이 있었던 때라....

어쨌든 몇 주 후에 아고스로부터 사과 편지가 왔고 거기에 30파운드 아고스 쿠폰이 들어 있었다.

'배상을 받자고 쓴 편지는 아니었고 큰 회사로써 좀 더 좋은 소비자를 위한 서비스와 질을 높이는 회사가 되라는 차원? 에서 쓴 글이었는데... '

혼자 주절거리며 그 공짜 쿠폰과 함께 난 아고스에 대한 미움도 사라졌다. 자본주의 사회에 익숙해져 나의 얄팍한 자존감은 따위 고작 30파운드로 무너졌다...

어쨌든 이런 일들 속에 20년을 살다 보니 나도 이제는 아주 많이 느긋해졌고 왠만한 일엔 이제 화도 안 난다.

요즘은 그나마 아마존 덕분에 정말 신세계가 열린 것 같다. 프라임 회원이 되면 다음날이나 다 다음날에 물건을 받을 수 있으니 정말 신세계가 맞다. 이런 세상이 오다니.. 싶기도 한데 모든 물건을 아마존에서 주문할 수는 없으니 로컬 매장에서 아니면 인터넷에서 주문을 해야 하는 물건은 그래도 2주나 3주는 걸리지만 그냥 감사하게 생각을 한다.

느려 터진 영국.

한 번은 6월 말에 배관공 아저씨한테 정원에 수도꼭지를 하나 설치해 달라고 부탁을 했었다. 아저씨는 이제 여름 시즌이 다가오니 7월과 8월엔 본인의 휴가 기간이라 일을 할 수 없다고 하셨다. 여름에 정원에 물도 줘야 하고 여간 불편한 게 아니었는데 빨리 해 달라고 딱히 닦달은 못 하겠고. 같은 동네에 사는 아저씨라 서로 수시로 동네 공원에서 산책을 하면서 마주치는데 "하이~~" 하고 인사를 하신다. 겉으론 웃으면서 속으로는 '한 시간만 울 집에 오셔서 수도꼭지 좀 달아주세요…!!! 뭐 딱히 바쁘시지도 않으신 것 같은데...'

그만큼 돈에 매여 쫓아가지 않고 본인의 여가 활동과 여유를 정말 잘 즐기는 영국인의 모습이 참 부럽고 맞다 싶으면서도 서비스를 받아야 하는 손님 입장이 되면 정말 답답하다.

요즘은 이 시골 마을에서도 지난 몇 년간 유럽인들이 꽤나 많이 이주를 했다. 영국이 브렉시트를 한 건 이해가지만 그래도 난 유러피안들이 좋다. 차를 수리하러 갈 때도 그리고 보일러나 배관일도 이젠 유러피안들에게 부탁을 하면 꽤나 빨리 일처리를 해 준다. 꼭 남의 나라에서 일하고 있어서라기보다는 나라에 따라 국민성? 이란 것도 어느 정도 있는 것 같다.

한국은 모든 게 빠르지만 여기와 가장 비교되는 것 중 하나.

한국의 시스템 중 가장 놀라운 시스템은 바로 은행이다.

예약을 따로 잡지 않아도 되고 계좌를 열기 위해 은행을 방문하면 그 자리에서 카드를 만들어 주는 멋진 나라이다. 거기다 인터넷 뱅킹을 하고 싶다 하면 직원이 몇 장의 종이에 체크를 해 주고 난 거기에 동의 사인만 하면 끝이다.

영국은......음...

우선 카드를 쉽게 안 만들어 준다. 직업이 없으면 남편이 아무리 제대로 된 직업이 있어도 와이프는 안 만들어 주는 은행도 많다.

어쨌든 내가 자격이 있다고 치자.

그럼 원하는 은행에 우선 전화를 해서 은행계좌를 만들고 싶다고 하면 빠르면 1주 늦으면 수 주? 안에 예약을 잡아 준다. 그 시간에 가면 담당자가 나오고 20~30분 정도 질문과 답변?을 하며 아주 다양한 서류들이 오간다. 무사히 통과를 해도 카드를 당장 받을 줄 알면 오산이다. 집에 가서 기다리면 된다. 일주일 후 즈음 집으로 카드가 도착한다. 엄청 기쁘다. 그런데 카드 사용은 못한다. 왜냐하면 비밀번호가 없으니까.

그리고 며칠 후 비밀번호가 적힌 편지가 도착한다. 예전에는 복권 긁듯 동전으로 긁으면 되었는데 요즈음은 어떤 은행은 스티커를 벗기면 희미한 네 자리 숫자가 나온다. 그리고 인터넷 뱅킹을 하고 싶다고 등록을 했으면 그 또한 편지를 기다리면 된다.

어쨌든 은행 카드를 만들어 사용하기까지.

한국은 30분 내외 그 자리에서 카드를 받고 당장 사용할 수 있다면, 영국은 예약부터 빨라도 2~3주, 한 달은 걸린다고 보면 된다.

한국은 영국에 비해 너무너무 빠르다.

배달은 다음 날에.. 아니 어떤 건 아침에 주문하면 그날 저녁에 도착하기도 한다고 들었다.

그런데 빨리빨리가 다 좋은 건 아니다. 거기에 배달하는 분의 과로사나 급하게 가다가 난 사고 뉴스를 접할 때면 또 이건 아닌데 싶다. 빨리 배달 와서 소비자는 좋지만 모든 일엔 과부하가 일어나면 사고가 나기 마련이니.

[토끼와 거북이]

말로 다 설명할 수 없지만 정말 이번 코로나 사태로 느끼는 것인데 꼭 빨라야 하는 일 처리는 확실히 토끼처럼 빠르다.

그래서 느린 토끼라는 제목으로 설명을 해 보았다.

예전에 그렇게 빨리빨리를 좋아하던 나 또한 이제는 '느려 터진 토끼'가 되어 버렸다.

하지만 이 느려 터짐이 또 장점이 될 때가 많다.

다음 화에서 다루겠지만 여유로움의 미학에서 오는 장점은 또 아주 많다.

여유롭고 느리게 살다 보면 뭐 그다지 빨리 달리지 않아도 잘 살 수가 있고 모든 게 또 거기에 맞추어져서 잘도 돌아간다. 삶의 질 또한 높아지는 것 같다.

"토끼가 느릿느릿할 때는 빨리 달리지 못해서
느릿느릿한 게 아닐 것이다.
언제든 빨리 달려갈 수 있다는 확신이 있고
또 달려 나갈 수 있다는
자신만만함도 있을 것이다."

그래 이렇게 믿어야지.
아니야 이렇게 믿어야만 이 땅에서 잘 살아갈 수가 있어.

"오늘도 난 세뇌 아닌 세뇌를

나 자신에게 시키며

오늘 하루도

감사하기로 한다."

Argos에서 4개월 만에 온 가구.

지금도 다이닝 룸에 추억의 가구로 함께 하고 있다.

기다림의 미학 2/인터넷, 관공서,은행, 안경점, 운전면허

한국인들을 표현하는 유명한 말이 있다.

"빨리빨리"

20년 전의 내가 살던 한국은 지금보다는 많은 부분에서 느렸음에도 불구하고 영국에 처음 왔을 때는 한국과 비교가 안 될 정도로 너무 느려서 볼일을 볼 때마다 참 적응하기 힘들었다. 모든 부분에서의 일 처리가 느려도 너무나 느렸다.

특히 인터넷!!!

한국은 1999년 즈음 ADSL 서비스를 시작했고 이는 인터넷 보급에 큰 역할을 했다. 이를 기점으로 케이블 인터넷이 정액제 요금제도와 함께 보급되기 시작하면서 기존의 전화망용 모뎀과 PC통신을 넘어선 초고속 인터넷이 대중화되기 시작했다.

나는 한국의 초고속 인터넷을 접하자마자 나의 그 소중한 새 데스크톱을 한국에 두고 영국행을 결정했다.

내가 영국에 온 건 2000년 가을...

지금은 상상할 수 없겠지만 그때 영국의 일반 집에서는 전화망을 이용한 인터넷을 대부분 사용했었다.

그렇기 때문에 이메일을 하나 보내는 것도 정말 느렸다.

집에서 인터넷 사용하는 것이 눈치가 보여 주로 대학도서관을 가서 사용했었는데 거기서도 한국에 있는 친구에게 한국어로 이메일을 하나 보내는데 한참이 걸렸고 복잡했던 기억이 난다.

지금처럼 스마트 폰으로 영어 한국어 등의 모든 언어를 자유자재로 사용할 수 있고 무료로 한국에 있는 가족들과 함께 영상통화를 언제든 할 수 있는 시대가 온다고는 정말 생각도 못했으리라. 그때 국제전화카드로 얼마나 많을 돈을 썼었던지... 하지만 이제 여기도 인터넷은 꽤나 좋아졌다.

한국만큼 빠른 인터넷은 아니지만 이제 유튜브나 넷플릭스 등의 OTT(Over The Top)를 보는데 아무런 지장이 없어졌다.

하지만 예전이나 지금이나 변함없이 느린 부분이 있다. 바로 관공서 일처리나 서비스 부분이다. 아주 단순한 서류, 예를 들면 한국에서는 예약 없이 당장 가도 10분 만에 떼어 볼 수 있는 서류들을 여기서는 전화로 예약을 하고 며칠 혹은 몇 주 뒤에 예약을 잡고 그리고 그 서류를 신청을 하고 내 손에 쥐어지는 데까지 또 며칠, 몇 주가 걸리는 일이 다반사이다.

앞 글에서 이야기했듯이 특히 은행 업무는 정말 비교가 된다. 한국에서 은행 계좌를 열고 싶으면 그냥 은행 가서 열면 된다. 물론 한국도 요즈음에는 계좌 여는 것도 꽤 까다로워졌다고 들었다. 영국에서는 계좌를 아무한테나 잘 열어주지 않는다. 확실한 직업이 있어야 하고 그리고 내 이름으로 매달 집으로 오는 Bill을 증거 자료로 추가할 수도 있다. 그만큼 내가 이 나라의 계좌를 가지고 있다는 건 나의 신분을 확실히 알고 보장해 주는 일이기 때문에 그 절차가 한국만큼 쉽고 간단하지는 않다.

안경점도 마찬가지이다. 한국은 안경을 맞추기 위해 그냥 안경점에 가서 시력을 재고 안경을 맞추어서 오면 된다. 몇 년 전 이마트에 가서 남편 안경을 맞추는데 그 자리에서 시력을 재고 이마트 장을 보고 한 두어 시간 후에 오면 안경을 찾을 수 있다고 한 말에 남편이 놀라움과 감동을 함께 받았었다. 보통은 그 날 못 받으면 늦어도 며칠 뒤에는 찾을 수 있다.

영국에 오래 살다 보니 당연하다고 생각했던 한국의 시스템이 너무 이상하고 적응이 안 될 정도로 여긴 절차가 복잡하다.

우선 은행과 마찬가지로 안경을 새롭게 맞추고 싶으면 전화를 해서 예약을 한다. 보통 며칠에서 수 주가 걸린다. 그럼 그 예약 날짜와 시간에 도착을 해서 기다리고 있으면 몇 가지 질문과 함께 시력을 검사한다. 간단한 검사를 하고 다른 방으로 가서 전문적인 선생님과 함께 또 세부적인 시력검사를 한다. 이 부분에서는 내가 간단하게 한국에서 안경을 맞추었을 때보다는 좀 더 꼼꼼하다고 생각했던 부분이 있다. 그렇게 꽤 긴 시간 동안 검사를 하면 그 결과와 함께 안경을 고르기 시작한다. 안경을 고를 때는 또 다른 전문가분이 오셔서 조언을 해 주신다. 어쨌든 그 모든 절차를 거쳐서 맘에 드는 안경테를 고르면 거기에 맞는 안경알을 고르는데 옵션이 또 꽤 복잡하다. 그렇게 나에게 맞는 안경을 주문하고 나면 한두 시간이 훌쩍 지나간다. (가격도 한국보다 훨씬 비싸다) 그렇다고 한국처럼 당장 안경을 내 손에 쥐어질 수 있나. 또 그건 아니다. 그 안경을 찾으러 가야 하는데 그때도 안경은 직접 써 보고 잘 맞는지 체크를 해야 하기 때문에 직접 방문을 해야 한다. 주문을 하고 안경을 다시 찾으러 갈 때까지 걸리는 시간은 보통 1주일 정도였다.

그러면 내가 안경을 새로이 맞추어야겠다고 생각하고 내 손에 안경이 쥐어지는 순간은 적어도 빠르면 열흘에서 늦어지면 한 달이 걸릴 수도 있다.

사실 은행과 안경뿐만 아니라 많은 부분에서 포기할 건 포기하고 인내를 가지고 살다가 보니 처음에는 답답하다가 점점 익숙해져 가면 그리 안달 내지 않고 또 잘 적응하게 된다. 그 걸리는 시간까지 생각해서 계획을 잡다가 보면 딱히 예전처럼 안달 감도 안 생긴다. 저절로 '기다림의 미학'이 생기는 거 같다.

그러다가 한국에 가면 너무 빠른 서비스와 시스템에 감동을 받는다.

"기다리게 해서 죄송합니다. 고객님"(영국에 오래 살다 보면 한국에서 듣는 이 말이 난 너무 좋다. 영혼이 없는 말이라도 괜찮다. 참 듣기 좋고 고맙다. 바로 앞 글에서 말했듯이 영국은 본인이 책임을 져야 하니 미안하다는 말을 참 안 한다)

이 말에 황송하기까지 하다 못해 자꾸만 "아니요, 천천히 하세요, 괜찮습니다, 고맙습니다"라는 인사말을 연달아 내뱉게 된다.

이제는 영국이 정상으로 느껴지고 한국 시스템이 정상이 아닌 것처럼 느껴진다.

어떻게 이렇게 빠르게 일 처리를 할 수가 있지?

어떻게 작은 일반 안경가게에서 공장에 주문을 넣지 않고 안경이란 걸 금방 만들 수가 있을까, 그것도 아저씨 혼자서 주문도 받고 시력도 검사해주시고 상담도 하시고 안경알도 깎으신다.

또 어떻게 은행에 카드 기계까지 있어서 카드를 그 자리에서 금방 만들어 줄 수 있을까라는 의구심마저 들게 된다.

어느 나라가 정상인지까지 헷갈리게 되지만

난 그래도...

빠른 시스템의 한국이 확실히 좋다.

요즘은 큰 아들이 대학을 앞두고 방학 동안 운전시험을 준비 중이다.

난 아들이게

"한 달 정도 열심히 연습해서 대학 가기 전에 따 버리자." 라고 함께 얘기를 하고 인터넷으로 예약을 했다.

참... 내가 까먹었지. 나도 17년 전에 여기서 땄었는데.

우선 '영국에서 운전면허 따기 절차'이다.

먼저 우체국 같은 데 가서 면허 신청 form을 가져다가 L(provisional driving licence) 운전면허, 즉 learner's licence 같은 거라고 보면 된다. 신청서에 자세한 디테일을 다 적고 보내면 몇 주 후에 운전면허증(provisional driving licence)이 도착한다.

그럼 이제 이론 시험과 실기 시험을 신청할 수 있다.

차에 큰 L 스티커를 붙이고 경력 있는 운전자가 동승을 하면 운전도 연습할 수 있다.

한국처럼 운전면허학원 같은 건 없고 보통은 전문 운전 선생님을 고용해서 운전을 배우면 된다. 그리고 필기시험을 예약해서 필시 시험을 치고 실기 시험을 예약해서 치면 된다.

한 달을 잡았던 합격의 길은 멀다.

그래서 이번 여름 한 달 만에 따는 건 포기했다. 절대 못한다.

몇 주 전에 우편으로 신청했던 provisional driving licence도 아직 도착을 안 해서 아무것도 할 수 없기 때문이다. 코로나 시기 때문인가 해서 전화를 해 보니 보통 2-3주가 걸린다고 하니 기다리고 있다.

운전면허신청서

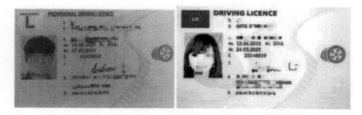

Provisional driving licenced 와 모든걸 합격한 후 받게 되는 운전 면허증

아이들 한국어 때문에 몇 년간 온 가족이 한국에서 산 적이 있다. 남편은 영국 운전면허증을 한국 면허증으로 교환할 수 있었지만 한국에서 운전하는 거니 면허증을 제대로 시험 쳐서 가지고 싶다고 해서 신청을 하게 되었다.

운전은 잘할 수 있으니 운전 연수는 필요 없고 운전면허증을 따기 위해 면허장을 갔다. 아침 일찍 영어로 된 필기시험을 치고 곧바로 점수가 나오고 점심때 신체검사 시력검사 등을 면허장에서 받고 장내 실기시험에 이어서 도로 실기시험까지 오후에 다 봤다. 그리고 그 자리에서 합격 통지서를 받았다.

그리고 증명 사진을 찍고 30분 정도 기다리니 그 자리에서 운전면허증을 발급받아 손에 쥘 수 있었다. 딱 하루가 걸렸다.

말도 안 된다며 한국의 빠른 시스템에 남편은 감동을 했다.

오늘도 이것저것 신청한 서류들과 간단한 일 처리를 위해 몇 군데 전화를 돌리고 나니 오전 시간이 그냥 없어져 버렸다.

아직도 느긋하게 그냥 기다리기만 하는 건 답답해서 못 하나 보다. 이럴 때마다 안 해도 되는 일에 너무 시간과 에너지를 쏟아야 한다는 아쉬움이 남는다.

영국과 비교해 한국은 갈 때마다 느끼지만 하루에 할 수 있는 일 처리가 너무 많아서 항상 속이 다 시원해진다.

"기다림의 미학....

기다림 속에 설렘을 느끼냐 기다림 속에 불편함과 짜증을 느끼냐는 모두 마음먹기 나름이다.

그 기다림의 과정 속에서 기대감과 즐거움을 느낄 때 그 결과물은 당연한 게 아니라 더 귀하게 다가올지도 모르겠다.

"그래도

난..

빠른 게 좋다.

2020년 여름, 코로나 락 다운 후 다시 오픈한 이케아 앞에 선 긴 줄

기다림의 미학 3/여유로움과 느긋함

이 부분을 '느긋함'이라고 표현하면 어울릴지 잘은 모르겠다.

한국에서 바쁜 출근길에 지하철이 고장이 나면 어떤 일이 생길까.

그 자리에서 두리번거리는 사람, 불평하는 사람, 심지어 조금 더 시간이 지나면 화를 내는 사람도 생길 것 같다.

난 영국에서 바쁜 출근 아침시간에 기차를 타고 가다가 꽤나 놀란 에피소드가 있다.

유학생 때 수업을 듣기 위해 9시까지 학교에 가야 했었다. 집에서 한 시간 가까이 시간이 걸리기 때문에 시간에 맞추어서 기차를 탔고 30분 정도가 지났을까.

갑자기 기차가 멈추어 버렸다.

그때 내가 탄 기차 시간대가 정말 가장 바쁜 출근시간이어서 많은 직장인들이 함께 같이 타고 있었다. 방송에서 기차의 결함으로 체크를 하고 다시 출발하겠다고 메시지가 흘러나왔다. 그리고 기다리길 10분~20분.

다시 방송이 나온다.

시간이 좀 더 걸리겠다고 한다.

난 '뭐야,, 언제까지 걸리겠다, 아님 어떻게 하라는 말도 없이 무작정 언제까지 기다리라는 거야?'

하고 속으로 불평을 하기 시작하는 찰나, 주변의 사람들이 하나 둘 핸드폰을 꺼내기 시작한다. 그리고 본인이 가야 하는 회사나 사무실에 전화를 걸기 시작했다. 대충 이러이러해서 늦을 것 같다는 말들을 하고 다시 폰을 끄고 다들 태연하게 앉아있는다.

정말 내가 놀랐던 건 기차 안 그 많은 사람들 중 무슨 일이냐며 불평하는 사람도, 투덜대는 사람도 그 누구도 한 명 없었다. 그리고 또 10분이 지났나. 방송이 다시 흘러나왔다. 정말 황당했다.

"미안합니다만 오늘 기차는 더 이상 운행을 할 수 없을 거 같으니 다들 이번 역에서 내려 주셔야 하겠습니다"

난 솔직히 정말 화가 났다. 아직 서너 코스는 더 가야 학교에 도착을 하는데, 그리고 그럼 더 빨리 말을 해 주지, 여기서 어떡하라는 말이야. 정말 짜증이 났다.

이 즈음되면 다른 사람들도 완전 짜증 날 거라 생각했다.

그런데 내가 깜짝 놀랄 광경이 벌어졌다.

사람들이 하나 둘씩 일어나서 내리기 시작했고, 승무원은 사람들 내리는 상황을 정리해 주고 도와주고 계셨다. 난 승무원을 지나치며 표현을 못 하고 맘 속으로 씩씩거리면서 내리는데 내 주변 사람들은 다들 한 마디씩 한다.

"Thank you!"

난 정말 머리에 뭔가로 한 대 맞은 듯 멍해졌다. 이해를 할 수가 없었다.

그래, 영국인들은 누군가를 내가 앞질러 지나가야 한다거나 버스나 기차를 타고 내릴 때 양해를 구하는 말이나 고맙다는 인사를 꼭 한다.(sorry, thank you)

지금의 Thank you는 영국인들이 잘하는 몸에 배여 버린 인사말 일수도 있다. 하지만 이 상황에서 한마디 불평하는 사람 없이 어떻게 다들 고맙다는 말을 할 수가 있냐고.

난 정말 도저히 이해할 수가 없었다.

영국 사람들은 확실히 이러한 상황에서 쉽게 안달 내거나 초조해하거나 하는 부분들의 감정을 크게 바깥으로 표출하지 않는 것 같다. 무엇보다 회사나 사회분위기가 또 그런 상황들을 많이 이해해 주는 것 같고 그렇기 때문에 이런 상황이 되면 사람들도 그러려니 하는 느긋함이 생기는 것 같다. 또 내가 화를 내고 안달해도 그 상황들이 달라지는 것이 없기도 하기 때문일 수도 있겠다. 그래도 학교에 가서 수업을 들어야 하는 나 보다는 다들 훨씬 중요한 아침이었을 건데 말이다.

어쨌든 그때 그 일로 나도 많이 배운 점이 많다.

'좀 더 침착하자,
그리고 내가 어떻게 할 수 없는 일에 대해
이제는 좀 'Calm Down'
하는 법을 배우자'

이번엔 영국은 아니지만 스페인에 갔을 때의 이야기이다.

한여름 놀이동산을 생각하면 얼마나 더운지 상상이 갈 것이다. 그 해 스페인도 정말 정말 더웠다.

하지만 인상 깊었던 점..

그때가 휴가철이라 놀이기구 하나에 한두 시간은 기다리는 게 보통인데 자리가 조금씩 앞으로 움직일 때마다 어른들 아이들 할 것 없이 환호성과 으쌰 으쌰 노래를 같이 부르기 시작한다. 기다리고 있던 수십 명의 사람들이 한 팀이 된 것처럼.

거기엔 인상을 찌푸리는 사람도 지겹다고 짜증 내는 사람도 하나 없다. 벌겋게 얼굴이 익어 있었는데도 다들 너무 너무나도 행복한 얼굴이다. 노랫소리, 웃음소리, 그리고 사람들의 밝은 표정과 함께 그 해 스페인 여행은 너무나도 아름다운 추억으로 기억된다.

그때부터 날씨도 좋고 낙천적이고 긍정적인 사람들이 많은 스페인을 난 너무 좋아하게 되었다.

누구든 그 나라에서 살아 보고 경험하지 않으면 100프로 알 수 없다고 했던가.

한국이 얼마나 빠른지는 외국에 살아보면 잘 알 수 있다.

무조건 빠른 것도 좋지는 않다.

그렇다고 너무 느린 것도 답답하다.

하지만 항상 빨리빨리 시스템에서 감사와 여유란 걸 느낄 수 없는 삶도 문제인 것 같다.

때로는 기다림에서 더 소중함을 느낄 수 있고 여유로움을 즐길 수 있는 것 같다.

어쩔 수 없을 때는..
그리고
어차피 기다려야 한다면..
그냥 핸드폰을 내려놓고 눈을 감고 조용히 기다려보자..

이럴 때 기다림이 익숙해 지고 그 속에서 안달 내지 않고 초조해하지 않고 차라리 여유를 즐기는 이들을 보면 참 멋져 보인다.

항상 기다려주는 사랑스런 올 강아지 릴리

우산을 쓰지 않는 사람들

비가 오는 등굣길.

오늘도 큰 아이랑 차 안에서 실랑이를 한다.

다름이 아니라 아침부터 비가 꽤 많이 오는데 우산을 챙겨 가져 가라고 해도 됐다고 기겁을 한다.

작은 딸은 접이식 우산을 알아서 챙기건만...

이렇게 바깥엔 비가..

영국인들은 비가 온다고 특별히 우산을 챙기거나 하지 않는다.

비가 자주 오기 때문이기도 하지만,

그냥 모자 달린 옷을 입고 다니다가 비 오면 써 버리면 끝.

사진 속도 엄마와 아이 같은데 한참 전부터 비가 오는데 그냥

아이도 엄마도 모자를 쓰고 다닌다.

    20년이나 영국에 살다 보니 나도 자연스레 익숙해졌지만 유심히 주변을 보니 정말 우산 쓴 사람들이 많지가 않다.

    이 사진 속 아이도 혼자 비 맞고 등교하고 있다.

    비가 꽤 많이 내리는데 차 안에서 보니 아침부터 다 젖은 모습들이 안타깝다. 그런데 신기한 건 비가 오는데 애들도 어른도 별로 뛰어다니는 사람들이 없다. 그냥 묵묵히 맞을 뿐.

그리고 비가 언제 내릴지 모르니 영국에서는 후드가 달린 점
퍼를 입는 게 필수이다.

한 분 발견.. 그나마 아줌마들은 종종 쓰신다.
하지만 젊은 연령층이나 특히 남자들..
정말 우산을 쓰지 않는다.

결혼하고 영국에 온 지 얼마 되지 않았을 때가 생각난다.
비가 와서 가방 속에 있던 우산을 펴서 남편이랑 같이 쓰고 가
려는데 굳이 사양을 한다.

둘이 쓰면 내가 다 젖을 거라고..

그렇지만 그때도 진심? 어린 배려라기보다는 왠지 우산 쓰는 걸 피하는 듯 보이긴 했었는데. 혼자 피식 웃으며 도망가던 모습이 이제서야 이해가 간다.

남편도 우산을 절대로 안 쓴다.

근데 웃긴 건..

몇 년간 한국에 온 가족이 살았던 적이 있었는데 한국에서는 아이들도 남편도 비가 올 것 같으면 우산을 잘만 챙기고 다녔다는 것이다.

"로마에 가면 로마의 법을 따르라??"

그 나라에 가면 정말 그 나라의 문화나 습관?에 사람은 또 참으로 잘 익숙해지고 따라 하게 된다.

그래서 인간은 환경의 동물이 맞다.

그럼.. 왜 영국인들..

"특히 영국 남자들은 우산을 쓰지 않는 걸까?

나름 아들한테도 물어보고 주변에도 물어보고 결론을 내린 결과이다.

　1. 영국 남자들은 우산을 쓰는 걸 자존심 상해한다고 한다.
왠지 약해 보이고 찌질이 같단다. 우산 쓰려고 하면 네 머리카락은 솜사탕 아니니 괜찮다고 친구들이 말한다고.
　(아들 말이다)

　2. 그냥 귀찮아서. 비가 왔다가도 금방 그치고. 또 워낙 겨울철엔 비가 자주 오니 그냥 우산 펴고 접고 하느니 그냥 맞는 게 낫다? 고 한다. 가지고 다니기도 귀찮고 신경 쓰는 것도 싫고 우산 잃어버리기도 싫단다.

　3. 비가 오던 안 오던 별 개의치 않는다. 한국 사람들은 비 맞으면 머리카락이 빠지니 뭐니 안 좋게 생각하는데 영국인들은 별로 개의치 않는다. 비가 안 좋다고도 생각하지 않을뿐더러 비가 너무 많이 오면 조금 피하던지 적당히 오면 맞아도 전혀 괜찮다고 생각하는 듯하다.

4. 영국 비는 솔직히 한국만큼 강하지가 않다.

왔다가도 금방 그치고 또 개었다가 또다시 조금 오고.. 예측할 수 없는 날씨이다 보니 날씨도 비에 대해서도 거의 포기한다.

하루에 사계절이 왔다 갔다 하는 나라가 영국이다.

하굣길에 비가 오면 정말 가관이다.

남색 교복을 입은 수십 명의 중고등 학생들이 똑같이 무리를 지어 우르르 나오는데 다들 비를 그대로 맞고서도 정말로 신기한 게 뛰는 아이들 하나 없다. 교복 (blazer)에 모자도 안 달려 있으니 비를 그대로 쫄딱 맞으면서도 남자아이들은 우산 하나 쓰는 아이 없고, 그나마 중고등학생 여자아이들 몇몇은 우산을 쓴다.

오늘도 아이를 강요할 수 없지만..

한국 엄마인 난 여전히 비 맞는 아들이 안타깝다.

"그럼 안에 체육복 후드점퍼라도 입어~~~!!"

나도 아이에게 쇼핑백을 준 적도 있다. 차라리 이거로라도 비를 막으라고...

특히 중고등학생 남자아이들은 절대로 우산을 쓰지 않는다.

비가 와도 그대로 다 맞고 천천히 걸어가야지 뛰는 아이들도 없다. 사춘기 아들한테 물어보니 다 폼이란다. 그래서 사춘기인 우리 아들에게도 우산이란 건 자기 인생에 없는 물건이다.

어쨌든 영국이 한국보다 환경오염이 덜 된 건지

아님 그렇다 생각하는 건지..

아니면 전혀 그런 쪽으로 관심이 없는 건지..

그것도 아님 항상 오는 비가 일상적이 되어버려서 인지..

영국 사람들은 진짜 우산 쓰기 별로 좋아하지 않는 것 같다.

하루에 사계절이 왔다 갔다 하는 변덕쟁이 날씨와 함께 비가 내리고 또 그치는 것이 아주 자주 반복되다 보니 그냥 몸이 귀찮아 버려져서 그런 것 같기도 하다.

그러고 보니 요즈음은 나도 우산을 펴는 행동이 점점 줄어드는 것 같다.

예의 바른 사람들 영국인…
그러나 진정한 Sorry는?

대체적으로 영국인들은 확실히 예의가 바르다.

일본에서 유학을 했던 나는 영국에 살면서 영국인이 일본인과
참 닮았다는 생각을 종종 하곤 했다.

같은 섬나라라서 그럴까.

일본 유학을 하면서 느꼈던 일본인들 특유의 친절 속에 진정
한 친구가 되기에는 참 먼 기분이 드는 설명할 수 없는 해석까
지 닮았다. 뭔가 오늘 만나서 70까지 친해졌는데 내일 만나면

다시 관계를 0부터 시작해야 하는 기분. 그 이유는 영국인 특유의 친절함에서 오는 매너를 친분이 쌓였다고 착각했던 걸까.

대학 졸업 논문으로도 다루었던 겉과 속이 다른 일본인의 모습처럼.

그래도 난 예의 바른 사람들이 좋다.

어차피 모든 사람들과 정을 나누고 친구가 될 수는 없으니, 나를 잠시 스쳐 지나쳐 가는 사람에게도 미소와 친절함을 베푼다면 그 어떤 사람은 또 나로 인해 행복한 하루를 보낼 수도 있으니까. 그리고 영국인들이 그렇다.

하지만 가끔 그 "예의" 속에 거리감을 느낄 때도 많다.

영국인들은 sorry를 참 많이 한다.

조금만 나를 지나쳐 먼저 갈 때도 "sorry"

옆에 지나가도 "sorry"

상대방의 이야기를 잘 이해 못 했을 때도 "sorry"

문을 열고 들어갈 때 뒷사람이 올 때까지 열고 기다려 줄 때도 " sorry" 아주 광범위하게 항상 쓴다.

서로 지나칠 때에도 먼저 지나가야 할 때도 "Excuse me" 대신 sorry를 많이 사용한다.

누구한테 말을 걸 때도 Excuse me보다는 sorry를 많이 쓴다. 이때 sorry는 정말 미안한 건 아닌데 매너로 많이 쓰는 것 같고 Excuse me를 쓸 때면 sorry보다 왠지 매너가 덜 느껴진다. 물론 Excuse me도 sorry도 말할 때의 톤이 가장 중요할 것이다. 예를 들어 Sorry를 말할 때도 빈정대는 톤으로 말한다면 거기에서 느껴지는 예의는 물론 하나도 없을 것이다.

그리고 문에 들어갈 때 뒷사람을 배려해서 거의 99프로의 영국인들은 문을 잡고 항상 기다려 준다. 이건 우리 모두가 배워야 할 정말 아주 좋은 배려의 문화인 것 같다. 그리고 뒤를 따라가는 사람들은 들어가면서 꼭 고맙다는 의미로 "Thank you" 또는 "Sorry"라는 말을 하게 된다.
하지만 그건 인사일 뿐 진정한 미안함의 sorry와는 또 다른 의미이다.

예를 들어 국에서는 내가 어느 매장이나 회사에 소속되어서 일을 하고 있을 경우, 내가 그 회사에 속해 있다는 주인의식을 가진다는 생각이 영국인보다는 확실히 강하다. 그래서 고객이 서비스에 불만을 가지거나 그 회사로 인해 피해를 입었을 경우 우선 그 매장이나 회사를 대표해서 죄송하다는 말을 먼저 한다. 물론 그 직원의 직접적인 실수가 아닌 경우도 그렇다. 왠지 내가 일하고 있는 곳에 대한 책임감과 소속감을 가지고 일을 한다고 할까.

하지만 내가 살아 본 바 영국에서는 조금 느낌이 다르다.

영국인에게 진정한 sorry를 듣는 건 정말 어렵다.

고객이 불평을 할 경우 내가 직접 한 일이 아니면 절대 sorry를 하지 않는다.

난 진정한 Sorry를 듣고 싶은데 그 대신

" It's not my fault"라고만 한다.

가끔은 내 잘못은 아니지만 유감이다 정도의 sorry는 들을 때도 있다. 하지만 그 sorry에서 진정한 미안함은 절대 느껴지지 않는다.

영국 현지 친구 말로는

"난 일한 만큼 그 매장과 회사를 위해 대가를 지불 받을 뿐 그 회사의 실수나 회사에 속한 다른 직원 대신 미안해할 필요는 없다"

라고 한다. 회사 또한 그렇게 생각하는 것 같다. 그러면 이런 경우 누구의 잘못이고 누군가가 책임질 것인가 정말 의아하게 느껴진다.

앞에서 다룬 글 중 -아고스에서 가구를 산 에피소드-를 보면 이해가 갈 것이다.

그리고 그 친구 말로는 "sorry를 말하는 순간 모든 부분은 나의 책임이 될 수도 있으므로 정말 함부로 사과를 해서는 안 된다" 고 했다.

이 부분은 사명감과 소속감, 그리고 사회적 협동 등을 중요시하는 한국과는 달리 철저한 개인주의를 많이 느끼게 하는 부분이었다.

물론 양쪽 다 장단점이 있을 것이고 어느 쪽이 맞다고는 할 수가 없는 부분이다.

"단지 영국인에게서의 Sorry는
가장 흔한 Sorry임과 동시에
가장 듣기 힘든 Sorry임에는 틀림없다.

한국에서는 자기 자신의 직접적인 잘못이 아닌데도 불구하고 고객이 불만을 얘기하면 그 회사를 대표해서 "죄송합니다"라는 말을 한다.

분명히 영혼이 없는 말임을 우린 다 안다.

그래도 들으면 어느 정도 기분이 풀린다.

아니다. 그 영혼이 없는 말 조차 영국에서 듣는 영혼 없는 sorry와는 또 뭔가 다르다.

한 번은 이마트에서 물건을 샀는데 정말 상자 속 물건에 하자가 있는 경우가 있었다. 솔직히 그 물건을 만든 자가 잘못이 있지 판매한 자가 딱히 잘못이 없거늘.. 진정으로 사과하고 본인이 나서서 여기저기 뛰어다니시면서 해결해 주시는 모습을 보면서 감동받았던 적이 있다.

적어도 한국은 회사에 대한 소속감이 큰 것일까. 오지랖이 큰 것일까. 자기 일처럼 발 벗고 나서서 해 주는 사람들을 보면 너무너무 고맙다. 그때는 그 회사에 대한 불평도 불만도 말끔히 사라지게 된다.

그리고 영국인에게서는 느껴지지 않는 '정'이 느껴진다.

"사랑합니다. 고객님!"

고객센터에 전화하면 아주 쉽게 듣는 말이다.

영국에서 전화기에 문의가 있어서 고객센터에 전화했는데

" Dear customer, we love you"

정말 상상할 수 없다.

정말 오글거린다.

"난 영혼 없는 사랑과 미안하다는 말이라도

표현해 주는 게 기분 좋다.

귀가 즐거우면 마음도

덩달아 풀리는 거니까."

DIY 생활과 그 실체

여기 와서 가장 자주 들은 말이다.

DIY - Do It Your Self!

그리고 또한 내가 아주 싫어하는 말이다.

영국에서 새 집으로 이사하기.

20년 전... 남편과 나는 복잡한 서로의 국적 차이로 어쩌다 보
니 영국과 한국 그리고 홍콩에서까지 세 번의 결혼식을 하게 되
었다. 20대 중반, 철없었던 나는 결혼식 겸 이곳 저곳 여행을 하
는 휴가 같은 그 자체가 재미있었고 드레스 주인공 놀이에 푹
빠져있었던 것 같다. 거의 반년 간의 결혼식 후, 영국에 돌아온

우리는 꿈에 부풀어 새로 짓고 있는 단지에 멋진 단독 주택을 은행의 도움을 아주 많이 받아서 계약을 했고(그때는 벽돌을 올리고 있을 때였다) 집을 다 지었다는데 보니 정말 벽돌로 거의 집 외곽만 지어놓은 것에 깜짝 놀랐다.

아니 정확히 말하면 남편은 당연하다 생각했고 난 정말 어린 맘에 충격이었다.

한국처럼 완벽하게 완성된 모습은 아니더라도 어느 정도는 기본 인테리어까지 된 집을 꿈꾸었었다.

적어도 가구만 들려놓으면 되는 정도?

여기 사람들은 집을 스스로 꾸미길 좋아한다. 나도 어느 정도는 좋아하지만 그래도 이건 너무 심했었다.

그래, 벽난로, 부엌과 싱크대까지는 선택을 해서 주문을 하는 것이 이해가 간다.

그렇지만 방문 하나하나, 문고리 하나하나, 전등 하나하나, 전기 콘센트 하나하나가 다 선택과 옵션이었다. 집을 짓고 있는 아저씨와 함께 수시로 얘기를 하면서 그 순서에 맞게 이것저것 organize를 해야 한다. 영국의 그 많은 문들(집 구조 자체가 정말 문이 많다)과 손잡이까지 우리가 다 돌아다니며 주문을 해야 했다.

물론 요즘은 집을 지을 때 한국처럼 기본적으로 바닥과 벽 페인트, 부엌 수납장, 싱크대, 욕조, 방 문 정도는 다 갖추어 놓은 -turnkey house-하우스를 짓기도 한다. 하지만 예전엔 거의 다 외곽만 지어진 집에 나 스스로 거기에 맞는 욕조, 목욕탕과 키친의 싱크대와 탑, 샤워부스, 키친 인테리어, 벽난로, 타일, 카펫, 마루를 까는 부분과 그 종류들, 블라인드, 문들과 그 고리들, 온 집안 페인트칠까지 다 알아서 발품을 팔고 직접 할 수 있는 부분은 직접 하기도 해야 한다. 그리고 집을 짓기 시작할 때 집을 계약한 후이면 기본 구조에서 어느 정도 변형도 가능하다. 예를 들면, 키친에 보통 창문 2개가 들어가는데 창문을 3개 넣는 구조로 바꿀 수도 있고 콘센트 위치 같은 부분들도 어느 정도 조정할 수가 있다. 이런 부분들을 준비하고 꾸미는 데에 하나하나 즐기는 분들도 있겠지만 그 당시 어린 나에게는 너무나도 막막했고 환장할 노릇이었다.

그래서 새로운 집을 사서 그 집에 들어가서 살기까지는 키친 일을 하시는 분, 바닥을 인테리어 하시는 분, 보일러 담당, 욕조 담당, 페인트 담당 등 모든 부분들을 일일이 찾아서 주문하고 시키고 기다리고 꾸미고 해야 한다. 그 당시엔 또 가구를 주문하면 몇 개월 기다려야 하는 가구도 많았고 또 가구에 따라 직접 만들어야 했던 가구가 대부분이었으며, 그래서 보통 집 데코가 완성되는 데까지는 수개월 아님 몇 년은 걸려야 했다.

그나마 성격이 급한 한국인 성격인 내가 남편을 많이 부추겨서 일 년 안에 끝냈었다. 하지만 지금 생각하면 좀 더 여유를 가지고 하나하나 스스로 꾸미고 준비하는데 좀 더 즐길 수 있을 것 같지만 영국 생활에 익숙하지 않았던 그 당시엔 정말 모든 부분들이 느리고 답답하고 힘들었던 것 같다.

여기서 태어나서 자란 남편이 그때 나에게 가장 자주 하던 말이 항상 'Calm Down'이었으니깐…

누구든 새 집으로 이사하면 꿈에 부풀려 있었을 텐데 난 영국에 와서 얼마 되지 않아 그 DIY 시스템에 정말 치를 떨게 되었다.

오늘도 낮에 냉장고 고치러 온 아저씨는 거의 새것이었던 여기서 산 삼성 아메리카 형 냉장고(양쪽으로 열도록 된 모양을 여기선 아메리카 형이라 부른다. 한국이 더 잘 만드는데…)를 망쳐 버렸다. 냉장 온도가 유난히 낮아서 부른 것인데 멀쩡 하던 냉동고까지 고장 내어 버리셨다. 전원을 너무 자주 껐다 켰다 하는 것이 좀 거슬렸는데 다시 켜니 아예 되던 작동도 멈춘 걸 계속 건드리시는 걸 보고 나름대로 예의 바르게 아저씨 자존심 안 건드리려고 적당히 말 돌리면서 말씀 드렸다.

"어떤 냉장고 주의 사항을 보니 껐다가 켤 때에서 최소한 몇 분 기다렸다 켜야 한다고 적혀있는 걸 본 적이 있어요"라고 했더니.. 아저씨 대답이 가관이었다.

"May be"

헉…

결론은 그냥 가셨다.

그리고 난 다른 냉장고 전문가를 지금 찾고 있다.

물론 Sorry라는 한 마디는 절대 안 한다. (앞 글에서도 다루었지만)

이뿐 아니라 세탁기가 고장 나서 온 아저씨, 전기 고치러 온 아저씨, 보일러 고치러 오는 아저씨들??

정말 한 번 오는데도 전화하면 며칠을 기다려야 하는 것은 물론이거니와 와서도 시원스럽게 내가 감탄할 정도로 고치는 경우는 잘 없었다. 심지어 못 고쳐도 그 비싼 출장비도 지불해야 한다.

심지어 답답한 나머지 이런 기술들 내가 다 배워 볼까나 하는 생각까지 해 보며 기술학교를 찾아보았던 적도 있었으니 뭐…

그래서 대부분의 영국인들이 왜 웬만한 공구 기계들 정도는 창고에 꽉 진열해 놓고 사는지 그 이유를 잘 알 것만 같다. 그리고 웬만한 건 알아서 뚝딱뚝딱 잘 고치시기도 하신다.

본인 스스로 기술자가 되지 못하면 이 나라에서는 시간낭비 돈 낭비.. 도저히 살 수가 없다. 페인트칠, 마루 깔기, 타일 붙이기는 정도는 웬만하면 집에서 DIY로 할 수 있다.

DIY의 대표 -가구 만들기-

모든 가구가 그런 건 아니지만 대부분의 새로운 가구는 주문을 하면 다 플랫 상태(배달될 때 납작하게 포장이 되어서 온다. 책상이든, 식탁이든, 장롱이든.. 알아서 다 만들어야 한다. 좀 비약해서 말하자면 딱 맞게 자른 나무판자에 못 자국만 뚫려 있다. 요즘은 한국에서도 이케아 매장 같은 곳도 있고 DIY 가구도 많이 팔고 많이 만든다고 들었다. 하지만 거의 20년 전의 나에게는 정말 너무나 생소했고 짜증 났고 답답했다. 한국처럼 가게에서 아저씨가 배달까지 해 주시고 방이나 거실까지 딱 쓸 수 있도록 배치해 주시고 가는 부분이 당연하다고 생각 했었는데…

영국에 산 지 20년이 다 되어가니 집을 둘러보면 이제 내가 만들어 본 가구도 이제 꽤 많다. 설명서를 대강 봐도 망치로 때리고 드라이버를 돌리면서 이제 책장 같은 건 누워서 떡 먹기이다.

그리고 가격 면에서도 DIY 제품이라면 한국은 좀 저렴한 맛이라도 있지, 여기서 Assembled 해 놓은 가구를 사면 정말 가격에 입이 딱 벌어진다. 그리고 재료비도 인건비도 너무 비싸기 때문에 대부분은 DIY로 스스로 해결하는 문화가 잘 자리 잡은 것 같다.

기술자들이 살기 좋은 나라-

영국에서 살면서 제일 아쉬운 건 집에 문제가 있을 때 필요한 기술자 분들이다.

실력 있는 좋은 기술자들을 만나는 것도 힘들뿐더러 가격도 만만치 않다. 기술자들의 보수도 영국에서는 꽤 높은 편이다.

몇 년 전 한 6월 말에 물 내려가는 파이프가 고장 나서 수리공을 불렀더니 지금 주문 받은 것도 많이 밀려있고 자기 휴가도 있고 해서 8월까지는 시간이 안 난다고 하셨다. 그러다가 어느 날 동네 공원에서 산책을 하고 있는데 커다란 개랑 여유롭게 산책은 즐기시고 계셨다. 한국적인 일 마인드로 시간이 없다는 것이 아니라 그분은 본인의 기준에서 하루에 일을 하는 시간에 대한 기준을 세우시고 여름휴가를 즐기고 계셨던 것이다. 그래 당연히 그 분만의 생활방식이고 스케줄이고 이해는 갔다. 하지만 주문이 너무 많이 밀려있어서 바쁘다고 하셨는데 그건 조금만 시간을 내시면 충분히 할 수 있는 일이었다. 당장 울 집 파이프가 새어서 정원에서 더러운 물이 그냥 다 흘러나오는 걸 생각하면 아저씨를 당장 불러서 5분 거리에 있는 울 집 좀 가셔서 조금만 손대면 되는 수도꼭지 좀 고쳐 주시지… 두 달을 기다리라는 게 말이 되냐고. 나에겐 그 여유마저 바쁘게 열심히 일해서 하루하루를 먹고 살아야 한다고 생각하는 한국사람들의 인식과 비교하면 잘 이해할 수가 없었다.

한국에 가면 동네에서 흔히 볼 수 있는 가게 수리공 아저씨들이 너무 그립다.

엄마가 전화만 하면 바쁘신데도 달려오셔서 구슬땀 흘리시며 집 안 구석구석을 봐주셨던 아저씨가 당연하게 보였는데 내가 직접 영국에 살아보니 정말 너무 그립다.

여기 오면 그분들 정말 최고의 기술자이실 것이다.

여기는 기술이 있는 기술자들도 너무 없고 또 부족하다. 아마 영국 시골 쪽으로 가면 갈수록 더 할 것이다.

한국을 떠나서 이렇게 와 보니 한국처럼 편리하고 빠르고 전문적인 기술자가 많은 나라는 없는 것 같다.

-돈만 있으면 다 되는 나라 한국,

-돈이 있어도 안 되는 게 많은 나라 영국.

이 부분에서는 분명히 장점과 단점이 존재할 것이다.

그리고 내가 선택한 나라기에 난 단점보다 장점 쪽에 포커스를 두고 살기로 결심했다.

영국에 와서 살아보니 미용기술도 배워야 할 것 같다. 머리를 진짜 못 자른다. 아니 못 자른다기보다는 서양인과 동양인의 머리카락 자체가 다르기 때문인 것 같다. 울 아버지, 어머니 두 분 다 산후조리 때문에 여기에 두 번을 오셨는데 가장 힘들어하신 것 중의 하나가 미용실이었다.

아버지 표현으로는 머리카락이 잔디 깎아 놓은 것 같다고 하시고, 울 어머니 표현으로는 펌을 하면 꼭 라면처럼 만든다고 하셨다. 그냥 그다지 머리 모양이나 외모에 유별나시지 않으신 보통 어르신들인데 펌을 하신 후 어머니께서 눈물을 글썽이시던 모습이 아직도 기억이 난다. 그리고 그 외에도 집 인테리어, 정원 가꾸는 일, 기본적인 기술 정도는 스스로 할 줄 알아야 스트레스 덜 받고 살아남을? 것 같다.

영국의 DIY 문화 얘기는 하루 밤을 꼬박 새워도 못 끝낼 것 같다.

"그래도 난 돈만 주면 뭐든 시원시원하게
그리고 빨리빨리 해 주는 한국의 시스템을
너무 사랑한다."

융통성이 없는 나라 영국

영국에 살면서 많이 느끼는 부분들 중 하나가 융통성이 너무 없다는 것이다.

한국에서는 융통성이 없는 사람은 센스가 없다는 부분과도 연결되면서 지혜롭지 못하다는 부정적인 이미지도 있는 것 같은데 영국은 다르다.

보통 공무원들은 규칙과 정해 놓은 매뉴얼대로 한다는 인식이 강하다.

하지만 영국에서는 공무원은 당연하고 거의 모든 부분에서 융통성이 너무 없어서 좀 답답할 때가 많다.

정말 별 것 아닌데 이렇게 해 줘도 아무도 손해 볼 사람 없고 아무런 문제가 없이 더 편리하고 빠르게 일이 해결될 것 같은 부분도 절대 안 해 준다. 처음에는 이런 부분들이 답답해서 짜증도 났지만 이제는 어느 정도 적응이 된 것 같다.

한국에서는 어느 정도의 융통성은 조직 사회에서 꼭 필요한 것 같다.

사회생활을 할 때에도 조직 내에서 빨리 적응을 하며 '모로 가도 서울만 가면 된다'는 융통성으로 샛길을 지름길로 만드는 기술? 도 어느 정도 있어야 인정을 받는다. 원리와 규칙을 눈치껏 적당히 왔다 갔다 하면서 전쟁 속에서 살아남아야 하는 부분도 어느 정도 필요하다.

"에이, 좋은 게 좋은 거잖아"

하지만 이러한 융통성의 단점은

'좋은 게 좋다'는 식으로 눈치껏 적당히 규칙에 벗어나지 않으면서 융통성 있게 일 처리를 잘하는 사람은 '현명하며 답답하지 않은 사람'이 되어버리고 열심히 일하며 규칙에 어긋나지 않게 매뉴얼대로 하는 사람은 잘못한 것이 없는 데도 결과적으로는 '

뒤처지고 뭔가 지혜롭지 못한 답답한 사람'이 되어 버리는 경우가 있다.

한국에서는 이렇게 융통성이 없는 사람은 조직에서 살아남지 못하는 조금 무능한 사람이 될 수도 있는 위험함이 있지만 영국에서는 한국과는 그 인식이 확실히 다른 것 같다.

예를 들어, 어느 한국 식당에 술에 꽤 취한 진상 손님이 있다고 치자. 그 진상 손님은 술안주로 나온 골뱅이에 본인의 잘못으로 술을 쏟아 부었다. 그는 아르바이트생을 불러서 다짜고짜 짜증을 내기 시작했다. 모욕적인 말도 하고 욕도 하면서 당장 새로운 골뱅이 안주를 내어 오라고 야단을 친다. 아르바이트생은 당황하면서 "손님 죄송하지만 안주가 잘못 나간 것도 아니고 이런 경우에 새로운 안주를 다시 만들어 드릴 수는 없다"라고 정중히 사과를 한다. 계속 손님이 소리를 지르고 막무가내로 새로운 안주를 내어 오라고 하자 결국 아르바이트생은 우선 사장님께 물어 보겠다고 하고 주방으로 들어갔다. 그러자 사장님은 융통성 없게 그냥 드리면 되지 그게 뭐라고 하면서 아르바이트생을 나무란다. 며칠 전 같은 진상 손님이 왔을 때 비슷한 경우 새롭게 바꿔 주었다고 사장님께 꾸중을 들었던 아르바이트생은 너무 이해가 안 되었는데 거기서 사장님께서 한마디를 더 하신다.

" 이 손님이 우리 가게에 얼마나 많은 매상을 올려주시는
단골손님인데, 눈치 없이!"
이유는 그거였다. 그냥 돈을 많이 쓰는 손님. 그런데 융통성
없게 손님을 더 화나게 했다고 혼이 났다.

이런 경우 한국적인 마인드로 이해가 가는가? 아르바이트생은
혼이 나서 억울하지만 어느 정도 상황에 따른 융통성의 필요에
대한 부분이 이해 가는 분들도 많을 것이다. '좀 현명하게 사람
에 따라서 다르게 좀 융통성 있게 대해야지 사회생활을 잘하는
사람이 되지...' 이렇게 생각할 수도 있을 것이다.

이런 경우 영국이라면 어떨까?
술집 바깥에 있는 신체 건강한 보디가드(Bouncer)들? 한테
그냥 끌려 나갈 것이다. 경찰도 올 것이다. 상식적인 규칙을 그
대로 따라 한 아르바이트생이 혼이 날 일은 없을 것이다.
그리고 대통령의 아들이 와도 예외는 없을 것이다. (대신 영국
은 대놓고 모두가 인정하는? 특권층에게만 주는 불공평한 특혜
들은 있다. 귀족사회라 그런 것 같은데 이 부분은 융통성과는
또 다르다)

물론 한국의 적당한 융통성은 참 편리한 때도 많다.

위의 예와는 조금 다르지만 한국에서 은행을 갔었을 때 무슨 서류 하나를 빼먹고 가져오지 않았었다. 원본을 들고 와서 복사를 은행에서 해야 하는데 빼먹고 안 가져오는 바람에 집에 다시 가야 하나 생각을 하는 찰나 핸드폰에 찍어 놓은 사진이 생각났다. 그랬더니 직원은 내 입장을 어느 정도 이해해 주고 그 서류를 이메일로 보내라고 했고 그걸 프린트하는 것으로 집에까지 다시 가서 가져와야만 하는 수고를 덜어 주었다. 사실 직원의 입장에서는 어느 정도 나를 알기 때문에 편의를 봐줄 수도 있었지만 솔직히 원본을 주면 복사를 해서 다시 원본을 돌려주는 식이니 이렇게 해도 서류를 내는 데는 아무런 지장이 없는 건 맞았다. 하지만 매뉴얼이 그렇다고 무조건 가져오라고 안 된다고 해도 될 것을 나의 불편함을 어느 정도 이해해 주고 최대한 그 상황을 순조롭게 해결해 준 은행 직원이 너무 고마웠던 기억이 있다.

영국이라면 어떨까?

절대 안 된다. 매뉴얼에서 벗어났고 규칙을 어기는 일은 절대로 해 주지 않는다.

그리고 그것을 그렇게 했을 때 본인이 책임을 져야 하기 때문에 그런 손해 볼 짓은 절대로 안 해 준다.

책임을 질까 봐 회사를 대신해 Sorry란 말도 절대 안 하는 영국인이 그렇게 해 줄 리가 없다.

그리고 영국인들 또한 그런 부분들은 기대도 하지 않는 것 같다.

그래서 영국에 살면 정말 별 것도 아닌데 좀 해 주지 하는 일이 종종 있다.

하지만 융통성이 없기 때문에 아주 큰 장점이 있다.

이런 융통성이 아예 안 통해서 조금은 답답하지만 대신 억울한 사람도 줄어들 것이다.

또한 융통성이 없기 때문에 부정적인 뒷돈으로 해결하려는 안 좋은 문화도 거의 없을 것이다.

뭐가 맞을까.

영국과 한국의 좋은 융통성 부분만 반반 섞어 놓았으면 좋겠다.

남에게 피해를 주지 않는 융통성은 어느 정도 아쉬울 때도 분명히 있다. 그렇다고 책임감과 부끄러움이 없는 잘못된 조직과 사회에서의 융통성은 없어져야 할 것이다.

그냥 살면서 융통성이 너무 없는 건 딱 꼬집어 표현하기는 그렇지만 그냥 한마디로 이렇다.

"억울하지는 않은데 뭔가 개운치 않다."

요즈음처럼 변화가 무상하고 불확실한 시대에 어느 정도 예상치 못한 변화에 융통성 있게 잘 대처하는 건강한 융통성이야 말로 건강한 사회가 되는 지름길인 것 같다.

Oxford Island. Northern Ireland

평등한 나라, 하지만 불공평한 나라 영국

앞 글에서 말했듯이 영국은 어떤 면으로는 융통성이 없는 모두에게 같은 매뉴얼과 규칙을 적용하는 꽤 평등한 나라이다. 정해진 룰은 대통령 아들 딸이라도 따라야 할 것이다.

거기에는 조금 융통성이 있었으면 좋겠다는 부분도 있을 것이고 사정과 형편이 다 이해 가고 충분이 납득이 가도 안 해 주는 부분들도 많다. 그래서 별 것도 아닌데 이것저것 볼일을 보면서 하루 종일, 아니 며칠이 걸려도 해결을 못 할 때는 그 시간과 에너지가 아까워 허무해질 때도 있다. 한국에서는 한 두 시간 만에 끝날 볼일들인데.

융통성이 없어서 어떻게 보면 모두에게 평등하게 적용되는 부분들을 생각하면 영국은 정말 평등한 나라이다.

하지만 영국은 또한
'철저한 계급사회이며 아주 불공평한? 나라'
이기도 하다.

영국에 살면서 느끼는 것 중 하나는 여러 방면으로 사회가 구분되어 있다는 점이다.

아직도 ROYAL FAMILY 가 실제로 있는 것도 하나의 그 예이다. 비슷한 상류사회의 사람들이 끼리끼리 모여서 그들만의 social 그룹을 형성하고 지낸다. 그 속에는 그들만의 영어 어투가 있으며 그들만의 문화가 존재한다.

아이들의 학교만 봐도 영국 학생들의 7퍼센트 정도만 사립학교에 다닌다.

물론 인터내셔널 학생들은 부모님이 여기에서 WORKING VISA로 일하고 있거나 영주권자가 아니면 대부분 사립학교의 초이스 밖에 없다 보니 이 부분은 또 다른 상황으로 나누어질 것이다.

어쨌든 사립학교에 다닌다는 자체가 또 하나의 소셜 그룹에 들어가는 것을 말할 것이며 영국의 지도층 중 거의 절반이 사립학교 출신이라는 것을 보면 사립학교가 충분히 엘리트와 리더십을 양성하는 곳이라는 역할을 하고 있다는 증명이 될 것이다.

그런데 놀라운 것은 이 사립학교에 입학을 하기 위해서 내가 보기엔 참 불공평하다는 부분들이 있었다. 보통 사립학교에 들어가기 위해서는 10대 1 이상의 경쟁률이 치열한 곳도 많다. 물론 부모님의 재력과 아이의 성적이 함께 먼저 뒷받침되어야 하겠지만 또 중요한 부분이 부모 형제를 잘 만나야 하는 것도 중요하다.

예를 들어 아주 좋은 성적의 아이들을 뽑고 난 후, 남은 자리에 성적이 같은 아이들이 있다고 치자.

그러면 우선순위의 아이들이 뽑히게 된다.

그 우선순위라는 것이 비싼 돈을 주고 같은 학교의 유치원이나 초등학교를 나온 학생(유치원부터 고등학교가 한 학교에 다 있는 사립학교들이 많다)에게는 가산점을 준다거나 그 학교에 형제, 자매, 부모님들이 그 학교 출신이거나 아니면 할머니, 할아버지라도 그 학교 출신이면 우선순위가 된다. 난 처음에 학교에서 공식적으로 나누어 주는 SCHOOL GUIDEBOOK를 보고 뭐지? 하고 의아하게 느껴졌다. 그렇다면 나는 부모님이 이 학교 출신이었다는 이유만으로 어떤 아이들은 점수가 나보다 높아도 나 때문에 학교에서 떨어져야 하는 부분이 생길 것이다.

그렇다면 이 또한 작은 ROYAL FAMILY의 그룹을 만들려는 의도와 뭐가 다른가.

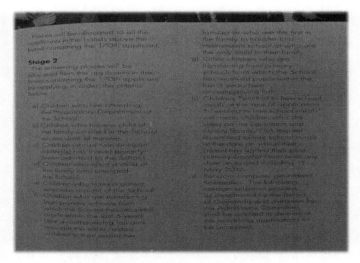

아이들 학교의 입학 안내책 (입학 우선순위를 매기는 순서)

그런데 놀라운 부분은 일반 영국인들은 그런 부분들에 있어서 다들 불공평하다고 생각조차 안 한다는 것이다. 영국 친구에게 어떻게 합격 기준이 가족들이 그 학교의 출신인가 아닌가를 우선순위를 줄 수가 있는지 도무지 이해가 안 간다는 식으로 말을 하니 "듣고 보니 그렇네" 하면서 거기에 대해서 한 번도 이상하다고 생각을 해 본 적이 없다는 것이다.

귀족 문화가 아주 깊게 자리 잡은 나라라서 그런지, 일반 사립학교의 이런 룰 또한 딱히 불만을 가지지도 불공평하다는 생각도 안 하는 것 같다.

다들 런던에 여행을 가면 한 번씩 방문을 하는 사립학교를 알 것이다. 영국에서 가장 비싼 학비를 받는 일반인들은 꿈도 못 꾸는 소위 부자 사립학교이라는 이미지로 때로는 부정적인 이미지로 언론에서 다루기도 한다.

'바로 Eton College' (11세부터 대학 전까지 다닌다)

이튼 칼리지는 잉글랜드 왕 헨리 6세가 1440년에 설립한 약 600년 역사를 자랑하는 학교로도 유명하다. 지금의 영국 총리도 이 학교를 다닌 동문이며 지금까지 영국 총리로만 약 20여 명을 배출했다고 하니 로열 패밀리가 가는 필수 코스일 것이다. 또한 영재들과 상류사회의 귀족들이 이곳으로 진학한 뒤 옥스브리지로 가는 루트를 타기 때문에 더더욱 명성이 있다. 이곳의 졸업자는 따로 '이토니언'(Etonian)이라고 불리면서 그들만의 학계, 재계, 정계를 지배해 온 동문들 간의 학연으로 이루어져 있다.

졸업생의 1/3이 옥스브리지로 진학한다고 하니 이튼에 입학하는 입장에서는 참 메리트가 있는 부분이지만 내가 생각하기엔 이 부분 또한 참 불공평한 것 같다. 그렇다면 옥스브리지(영국 대표적인 명문대인 옥스퍼드와 캠브리지 대학교) 또한 성적 순서가 아닐 것이라는 생각으로 부자들에게 더 혜택을 주는 (이튼은 돈만 있다고 갈 수 없지만 돈이 없으면 아예 못 간다) 참 불공평하다는 생각이 드는 건 나뿐인가?

한 가지 예를 들면 윌리엄 왕자님도 1995년 이튼에 다녔다. 그런데 의외로 왕실가의 자손이라고 해서 성적이 다 좋은 것은 아니었다. 거기에서 대학 입시 성적 A-LEVEL로 지리과목은 A를 받았지만 미술은 B, 생물은 C를 받았지만 ST.Andrew 명문대를 입학했다.

사실 찰스 왕자님도 A- LEVEL 성적은 역사과목은 B와 프랑스 언어 C를 받았음에도 캠브리지를 들어갔다.(이번에 올 아들은 전과목 A*와 수학경시대회 북아일랜드 1등을 하고도 캠브리지에 떨어졌다)

참고로 명문대들의 커트라인은 최소 전과목이 A 이상이거나 그 중 두 과목 이상은 A*이어야 하는 학교들이다.

한국이라면 대통령이나 총리의 아들이 공부를 못 하는데도 서울대를 들어갔다면 뉴스에서 난리 날 것이다.

한국 뉴스에서 종종 나오는 국회의원 자녀들의 특혜로 이슈가
되는 기사들을 볼 때면 미국과 영국이라면 당연하게 주는 혜택
일 건데 라는 생각에 웃음이 지어지기도 한다. 아마 미국은 더
하면 더했지 덜 하지는 않을 것이다.

이 정도라면 한국 드라마에 나온 'SKY캐슬'보다 더 심한 학벌
주의 탄생의 본토가 바로 영국인 것 같다.
영국의 옥스퍼트나 캠브리지를 입학하는 학생들의 55프로가
역사가 깊은 8개의 사립학교 출신이라고 하니 얼마나 일반 학교
에서는 입학하기가 어려울지 가늠이 될 것이다.

하지만 영국에서는 가난한 계층을 위해 잘 되어 있는 복지를
생각하면 참 좋은 나라이다. 돈이 없다고 병원을 못 가거나 직
업이 없다고 굶어 죽을 일은 절대 없다.

그러니 영국에서는 조금은 우스갯소리로 아예 가난하거나 아
예 부자이지 않은 평민에게는 참 불공평한 나라라고 하는 것 같
다.
이즈음 되면 한국이 참 진정한 민주주의 국가이며
평등한 나라인 것 같다.

Eton college. London

우울증 - 영국 날씨와 연관이 있을까

지금 이 글을 쓰고 있는 6월의 영국 하늘.

요즘 며칠 째 날씨가 너무 좋아서 마음도 몸도 행복해지는 나날들을 보내고 있다. 4월이 지나 5월부터 여름까지의 영국 날씨는 정말 멋지다.

영국은 우기와 건기가 뚜렷한 편인데 여름이 되면 건기로 들어서면서 비도 겨울만큼 많이 오지 않고 조금 더울 때는 있지만 선풍기나 에어컨까지는 필요가 없다. 무엇보다도 해가 길 때는 아침 5시 정도가 되면 환해지기 시작해서 거의 10시~11시까지 환하다. 그래서 영국을 여행하려는 계획이 있으면 꼭 봄에서 여

름 사이에 여행을 하면 확실히 겨울철보다 더 잘 즐길 수 있을
것이다.

하지만 이 몇 달을 제외한 대부분의 영국은 날씨가 좋지 않기
로 유명하다. 햇볕의 양이 적어지면 그 적은 일조량이 체내 비
타민 D의 합성을 줄여서 트립토판이 세로토닌으로 변환되는 것
에 영향을 준다고 한다. 세로토닌은 우리의 기분과 식욕, 그리
고 수면에 영향을 미치는 호르몬인데 일조량의 감소로 세로토닌
이 감소하면 당연히 기분이 우울해진다.

영국에는 아직 서머타임을 적용한다. 그래서 날씨가 좋아지기
시작하는 3월 마지막 주에 서머타임이 적용되면 점점 길어지는
낮은 더욱 더 길어지게 된다. 그러다가 10월 마지막 일요일에
서머타임이 해제되면 안 그래도 짧아지던 낮 시간은 갑자기 더
확 짧게 느껴지고 겨울에는 오후 서너 시가 되면 어두워지는 데
다가 매일 추적추적 비가 오고 우중충한 하늘만 보고 살아야 하
는 일상들이 대부분이 된다.

그래서 영국에서는 날씨에 구애 받지 않기 위해 노력하는 것
이 필요한데 그래서 겨울에는 집 안을 꾸미는데 많은 시간을 들
이는 사람들도 많은 것 같다. 할로윈 주가 다가오면 온 집안을
할로윈 분위기로 바꾸고 여러 가지 장식들로 온 집안 가득 만들
어 놓고 할로윈이 끝나자마자 가게에는 크리스마스 장식들이나

물품들이 들어서기 시작한다. 특히나 영국인들에게 크리스마스는 1년 중 가장 큰 행사이기 때문에 미리 선물을 사고 집을 꾸미는데 한 달 전부터 정성을 들인다. 12월이 들어서면 온 동네가 크리스마스 분위기로 난리이다. 동네마다 반짝이는 불빛들, 쇼핑거리, 크리스마스 마켓 등, 크리스마스로 들뜬 사람들은 영국의 어두침침한 날씨 따위는 별 신경을 안 써도 된다. 그리고 이런 날씨에 크리스마스 장식이나 불빛들이 더 예쁘기도 하니까.

그런데 문제는 1월에 접어들면서 2월, 3월까지는 참 우울해지는 시기이다. 딱히 이벤트도 없고 날씨도 너무 안 좋고 거의 하루 종일 어둡다. 나도 이 시기에 기분이 많이 다운되고 우울해지는 것 같다. 날씨에 영향을 많이 받지 않으려고 노력하지만 쉽지가 않다.

공원에 앉아서 우수수 떨어지는 낙엽들을 보고 있으면 운치는 있지만 여름과는 너무나도 다른 풍경에 '이게 인생인가..' 하는 생각에까지 빠지게 된다.

영국의 가을 공원

그럼,

"영국의 이 날씨와 사람들의 우울증은
어떤 연관이 있을까"

영국인들은 만나면 날씨 인사로 시작하는 경우가 대부분이다.
"It is lovely day! nice day! terrible day!!" 등.
그만큼 영국인들에 날씨는 중요한 삶의 한 부분이기 때문일
것이다.

날씨와 우울증의 연관은 이미 많은 연구로 입증이 되었다.
그러면 영국인들은 날씨에 어떤 영향을 받을까.

실제로 영국 NHS 홈페이지에 보면 자세히 나와 있다.

Seasonal affective disorder (SAD) is a type of depression that comes and goes in a seasonal pattern.
SAD is sometimes known as "winter depression" because the symptoms are usually more apparent and more severe during the winter.
A few people with SAD may have symptoms during the winter and feel better during the summer.

Symptoms of SAD
-a persistent low mood
-a loss of pleasure or interest in normal everyday activities
-irritability
-feelings of despair, guilt and worthlessness

-feeling lethargic (lacking in energy) and sleepy during the day

 - sleeping for longer than normal and finding it hard to get up in the morning

-craving carbohydrates and gaining weight

What causes SAD?

The exact cause of SAD is not fully understood, but it's often linked to reduced exposure to sunlight during the s horter autumn and winter days.

The main theory is that a lack of sunlight might stop a part of the brain called the hypothalamus working proper ly, which may affect the....

이 글을 보면 계절성 정서 장애는 계절적 패턴으로 오고 가는 우울증의 한 유형이라고 한다.

SAD는 겨울 동안 증상이 더 뚜렷하고 더 심하기 때문에 때때로 "겨울 우울증"으로 알려져 있다.

SAD를 앓고 있는 몇몇 사람들은 겨울에 증상이 있을 수 있고 여름에는 기분이 나아질 수 있다.

SAD 증상

-지속적인 낮은 기분

- 일상 활동에 대한 즐거움 또는 관심 상실

-적합성

- 절망, 죄책감, 무가치함

- 낮에는 무기력(기력 저하) 및 졸림

- 평소보다 오래 자고 아침에 일어나기가 힘들다.

- 탄수화물 섭취 및 체중 증가

SAD의 원인은 무엇일까?

SAD의 정확한 원인은 완전히 파악되지 않았지만, 가을과 겨울 동안 햇빛에 덜 노출되는 것과 관련이 있다고 한다.

주요 이론은 햇빛이 부족하면 시상하부라고 불리는 뇌의 일부가 제대로 작동하는 것을 막을 수 있다는 것이고, 이것은 뇌...에 영향을 미칠 수 있다.

그리고 실제로 영국인들 중 60%가 계절성 우울증과 관련된 증상 중 적어도 하나를 경험한 것으로 나타났다.

According to the NHS, symptoms SAD include a persistent low mood, weight gain, and feeling lethargic. A new survey from AO.com found that 60% of the UK has experienced at least one of the symptoms associated with the seasonal form of depression.

Millennials are also more likely to suffer than any other age group, as 59% have experienced SAD at least once

영국에서 살면 11월부터는 정말 멀쩡한 사람들도 우울증 환자가 되기에 충분한 것 같다. 4시면 깜깜한 밤이 되니, 긴 밤 내내 영국 사람들 중에는 술로 시간을 보내는 사람들이 많다. 한국은 술을 마셔도 주변에 접근이 쉬운 술집들이 즐비해서 친구들이랑 함께 놀러 가서 수다 떨고 기분 전환하기도 좋지만 영국의 술집은 많이 늦게 하지도 않고 자주 나가기에는 술값도 비싸고 무엇보다 한국처럼 대리기사가 있는 것도 아니고 접근성이 좋지 않아 특별한 날이 아니면 집에서 많이들 마시니 분위기가 더 우울해지는 것 같기도 하다.

그래서 그런지 영국에서는 눈이 오나 비가 오나 날씨가 좋아도 나빠도 꾸준히 조깅을 하는 사람들이 많다.

날씨와 상관없이 육체적으로나 정신적으로나 건강한 삶을 살기 위해서는 운동이나 취미생활로 삶을 업그레이드 시키는 철저한 자기 관리와 바른 마음가짐뿐일 것이다.

이 글을 읽는 모든 분들도 날씨와 상관없이 즐겁고 건강하게 오늘 하루를 보내길...

계절마다 분위기가 다른 동네 풍경. 그나마 다행인 건
겨울에도 잔디는 항상 푸르다.

영국인들은 끈기와 참을성이 없을까?

시스템이 느린 부분이나 물건을 주문하고 기다리는 부분에는 참을성과 기다림이 익숙한 대단한 영국인들.

난 아직까지 아무리 영국에 오랫동안 살아도 적응하지 못하고 빨리빨리 해결되지 못하는 부분들에 대해서 답답함을 느끼는데 말이다.

하지만 여기서 다루고 싶은 부분들은 영국인들의 또 다른 참을성의 부분이다.

여기서 오랫동안 알고 지낸 한국 언니가 있다.

언니는 정말 맨손으로 한국땅에 와서 그 어렵다는 회계사 공부를 늦은 나이에 시작을 하고 영국인들도 합격하기 힘든 그 수많은 시험들을 한 번에 줄줄이 합격해서 지금 영국에서 공무원이라는 타이틀을 달고 열심히 직장생활을 하고 있다. 그 회사에는 언니 말고는 동양인이 아예 없어서 종종 언니한테 듣는 또 다른 영국인들의 습관과 사고들을 들으며 많은 생각을 하게 된다.

한국사회에서 나도 언니도 직장생활을 했지만 영국에서는 정말 다른 부분들이 있다.

열심과 헌신이 회사에서는 미덕으로 여겨지는 한국과는 달리 영국에서는 괜히 오버타임으로 회사에 남아서 일을 하면 바보 소리를 듣는다고 한다. 그냥 일을 못하고 능력이 모자라서 집에도 못 가고 회사 시간에 일을 못 끝내서 일을 더 하는 무능한 인간의 이미지가 있다고 한다. 그래서 매니저도 직원이 퇴근시간이 지났는데 일을 하면 좋아하는 것이 아니라 이해를 못 하는 분위기이다.

또 한 가지.

영국인들은 참을성과 끈기가 없다.

회사에서 조금만 몸이 피곤하거나 컨디션이 안 좋으면 굉장히 쉽게 "오늘은 두어 시간 빨리 가서 쉬어야겠어"

라고 말하며 매니저한테 가서 말을 한다.

언니는 웬만히 피곤해도 어차피 언젠가는 본인이 해결하고 채워야 할 시간들이고 그렇기에 참고 일하는 편인데 그리고 그게 당연하다고 생각했는데 하루는 매니저가 언니를 불러 칭찬을 했다고 했다.

"회사 내에서 조기 퇴근을 한 번도 안 한 사람은 Kete 뿐이야"라고.

언니는 아주 당연하게 본인의 책임을 다 한 것뿐인데 칭찬을 듣고 나니 기분이 참 묘했다고 한다.

"여기 애들은 성인인데 왜 이리 끈기와 참을성이 없지?"

오랜 생각 끝에 그 이유를 아이들의 어릴 적 교육 방식과 함께 거슬러 가 보며 생각해 보기로 했다.

나도 영국에서 태어난 두 아이를 키우고 있는 터라 지금은 15세와 18세가 된 아이들에게 조언을 구하는 게 때로 참 도움이 된다. 한국에서도 4년간 한국 유학생활? 을 해 본 터라 아이들은 한국과 영국의 문화와 차이점을 나와는 또 다른 시각과 관점에서 아주 잘 바라보고 있었다.

듣고 나면 "그렇구나" 하고 참 새롭게 생각되는 점들이 많다.

" 학교 친구들을 보면 어떠니? 영국 아이들이 한국 아이들과 비교해서 끈기와 참을성이 없다고 생각해?"

지금 GCSE(영국 고등 입학시험)를 준비하고 있는 딸아이가 말한다.

"응... 한국에서 같은 학년인 중3 친구들을 보면 하루 스케줄을 짜 놓고 학교에 다녀와서 몇 시간을 공부하고 학원을 저녁 늦게 까지 다니는 친구들이 보통인데 영국친구들은 한두 시간 공부하면 스트레스 받았으니 에너지 업을 해야 한다고 쉬어야 한다고 생각하는 게 한국 애들이랑 많이 달라"

그리고 이 생각은 아이뿐만 아니라 선생님들도 부모님들도 마찬가지이다.

한국 아이들의 하루 일상생활을 보면 정말 BBC프로그램에서 다큐멘터리로 만들어질 만하다. 실제로 몇 번 만들어진 걸로 안다.

결혼 전 영국에서 유학했을 때 내가 한국에서 고 3 때는 아침 7시까지 학교를 가서 자습 시간까지 마치면 9시, 그 이후에 다들 독서실까지 가는 애들이 많다고 얘기했을 때 진심 그 자리에 있는 친구들 중 단 한 명도 믿어주질 않았으니.

그러고 보니 아이가 초등학교 때 학교에서 보낸 공지가 생각이 난다.

그 내용은

'아이들 숙제나 공부를 통틀어 30분 이상 넘게 절대 시키지 말라'

는 공지였다.

아이들에게 공부에 대한 스트레스를 최대한 주지 않고 행복한 아이들로 키우게 하겠다는 취지는 참 좋다.

"나도 그때는 역시 영국이야. 입시지옥의 한국은 정말 아이들에게 해서는 안 될 짓이야. "

라는 생각을 했었다.

영국 학교에서는 칭찬을 참 많이 한다. 꽤 허접한 과제물의 결과에도 영국 선생님들은

"Best!, well done!"이라고 마구 칭찬해 주신다.

그래서 아이들은 자존감이 정말 높은 아이들로 자란다.

-칭찬은 고래도 춤을 추게 한다-

정말 어른들이 아이들에게 해야 할 올바른 방법이다.

그것이 정말 올바른 방향이고 맞지만 여기서 난 그 '부정적인 면'을 굳이 다루겠다.

어릴 때부터 너무 잘한다고 칭찬만 들은 영국 아이들은(사실 공립학교가 심하다. 사립학교로 갈수록 학교 성적에 따라 레벨도 나뉜다. 물론 아이들에게 그 레벨의 스트레스는 최소화한다.) 약간의 스트레스를 통해 더 발전을 하고 더 노력을 하면 좋은 결과를 얻을 수 있는 데도 불구하고 "자기애"만이 참 강해져 버리는 것 같다.

'자기애'는 물론 정말 좋은 점이다. 많은 한국 아이들이 가져야 할 부분이다. 영국 아이들과 비교해 한국 아이들은 더 똑똑하고 더 잘하는데도 불구하고 비교를 너무나 많이 당하다 보니 '자기애'가 너무 많이 부족해졌다.

영국 아이들에게 방학은 그 말 그대로 방학이다.

방학이라고 '보충 학원을 다니거나 남들보다 앞서기 위해 더 공부를 해야 한다는 시간'이라는 인식은 아예 없다.

그건 고 3이라도 예외가 없다. 고3에게도 주말과 방학은 놀아야 할 시간이다. 방학인데 아이들을 쉬게 하지 않고 하루 종일 여기저기 학원 수업을 듣게 한다면 아마 학대로 생각할 것이다.

이렇게 자란 영국인들이 성인이 되면 어떨까?

언니 회사에서 일하는 사람들도 다들 어느 정도 제대로 된 교육과 함께 그 보통의 서열? 에서 이긴 승리자들이다. 그럼에도 불구하고 한국인들이 보기에 영국인들은 참을성과 끈기가 너무 부족하다.

사회 생활할 때 피곤하면 일찍 집에 가기 위해 오프를 내야 하고,

'난 이래서 오늘은 쉬어야 해. 나한테 휴가를 줘야 해.'

그렇게까지 안 해도 되는데 '자기애'가 너무 강하다.

아들이 고3의 과정을 무사히 마치고 이제 대학 입학을 앞두고 있다.

고3 입시 A-Level를 준비하고 있는 아들에게 말했었다.

"아들... 라떼?는 말이야. 우리 담임 선생님이 그러셨어. 하루 4시간 이상 자면 대학 떨어진다고"

그러자 아들은 웃으면서 말한다.

"엄마, 영국에서 그리 말하고 강요하면 아마 아이들 학대로 경찰서에 끌려갈 거야"

아,,,

한국에서 대학까지 나오고 나서 스무 해 중반이나 되어서 이 나라로 온 나는 이십 년을 살아도 여전히 한국 마인드인가 보다.

그래서 다 큰 영국인들의 모습과 함께 여기서 자란 아들의 말을 들으면 속으로 이 말을 하게 된다.

"꼴값 떠네!"

겉 마음과 속 마음이 다른 영국인

(언제 한 번 놀러 와요. 그런데 실제로 가면?)

　개인적으로 느낀 부분이지만 난 영국인들과 일본인들이 참 닮
은 점이 많다는 생각이 든다.

　'섬나라'끼리의 공통점이라고 할까.

　예전에 일본에서 유학할 때 일본인들을 보며 느낀 점과 영국
에서 살면서 영국인들을 보며 느낀 점을 정확히 딱 뭐라고 꼬집
어 설명할 수는 없지만 서로 뭔가 닮은 점이 있다. 그 점이 바로
'겉과 속마음이 다른 부분'-다테마에(建前. 겉마음) 혼네(本音.

속마음)인데, 이 부분은 내가 대학을 졸업하면서 졸업논문으로도 다루었던 주제이기도 하다.

영국에서의 유학시절,

하루는 항상 같이 다니던 일본인 친구가 이런 말을 했다.

기차를 타고 학교에 다니면서 매일 같은 역에 내리는 유럽 친구와 친하게 되었다고 했다. 둘 다 영어를 배우고 있는 터라 서로 완벽하게 의사소통은 잘 안 되었지만, 그 동안 같은 기차역에서 내려서 집으로 걸어가는 동안 많은 얘기들을 나누면서 꽤 친해졌고 먼저 집으로 들어가면서 그 친구한테 울 집에도 언제 한 번 놀러 오라는 말을 종종 했다고 한다. 그런데 어느 날 초인종이 울리길래 나가 보니 정말로 그 친구가 놀러를 왔다는 거였다.

난 "그랬구나, 반가웠겠네?"라고 대답을 했더니 그 일본 친구는 꽤 놀라면서 말했다.

"갑자기 와서 너무 황당하고 당황스러웠어"라고.

난 도무지 이해를 할 수가 없었다.

"네가 언제든지 놀러 오라고 했다며? 그래서 그 친구는 너네 집에 놀러 간 거고 뭐가 잘못된 거야?"

그랬더니 그 일본 친구가 했던 대답은 당시 20대였던 나에겐 도무지 이해할 수 없는 거리감을 느끼게 만드는 대답이었다.

"내가 언제든지 놀러를 오라고 하는 건 그냥 인사말이었지, 진짜 올 줄은 몰랐어"

이 말이 40대 중반이 된 지금은 조금 이해는 가지만, 그때는 나도 어려서 그 말이 너무나 황당하고 매정하게만 들렸고 그 당시 그 친구도 나도 어린 나이였는데 그렇게 생각한다는 것이 도무지 이해 가지 않았다.

누군가를 정말 초대하고 싶으면 언제 몇 시에 우리 집에 놀러 올 수 있겠냐고 묻는다고 했다. 언젠가 우리 집에 놀러 오라는 말은 그냥 인사일 뿐이라고.

그런데 지금 생각해 보면 이런 모습과 사고들은 영국인들한테서도 참 많이 볼 수 있다. 항상 "Hi, darling!" 하면서 누군가와 꽤 친해진 거 같지만 그 다음 만남에서는 다시 제로가 되어버린 듯한 기분을 영국 사람들을 만나면서 종종 느끼게 된다.

뭐라 설명할까.. 뭔가 한국인 같은 정이 없는 관계, 그리고 겉과 속이 다른 인사말들 때문에 헷갈리고 혼동을 주는 의사 표현들을 종종 사용한다. 그래서 상대도 나와 같은 마음이라고 믿고 나의 잣대와 기준으로 판단을 하고 재기 때문에 가끔 실망하게 되고 오해가 커질 때도 있다.

한국인들은 하고 싶은 말의 120프로를 하고 영국인이나 일본인들은 70프로만 말을 하는 거 같다. 이건 내심을 감추는 영국인과 마음을 솔직하게 밝히는 한국인의 문화 차이인 것 같다.

한국에서 '겉과 속이 다르다'라는 말은 엄청난 욕이다. 반면 내가 유학했던 일본에서는 훌륭한 처세술이 되는 거 같다. 그 이유는 '혼네(본심)'와 '다테마에(겉마음)'를 두 가지 마음으로 별도로 보기 때문이다.

이 두 가지 마음을 따로 두는 모습들은 여기 영국에서도 마찬가지이다. 아주 친절하고 예의 바르지만 뭔가 속과 겉이 다른 듯한 모습들… 이 두 가지 마음을 따로 두는 부분을 꼭 나쁘다고는 말을 할 수는 없지만, '속마음'이 '겉마음'과 진정으로 같기를 바라는 한국인에게는 어쩌면 좀 차갑고 정이 없다고 느껴질 수도 있을 거 같다.

한국인들은 친해지면 간과 쓸개까지 빼어 준다는 말이 있다. 하지만 영국인이나 일본인은 꽤 친해진 것 같은데도 끝까지 거리를 두는 모습이 있다. 이런 부분은 나 역시 25년을 한국에서 살아 온지라 뼛속까지 한국인의 사고가 배여 버린 것인지, 여기 영국에서 20년을 살아도 이런 사고 방식은 아직 적응이 잘 안 되는 부분이 있는 것 같다.

그래서 이방인으로 20년을 살면서 아무리 노력을 해도 진정한, 쓸개까지 빼 줄 것 같은 친구?를 사귀는 건 정말 어렵다는 것을 알게 되었다.

그런데 보면 사실 그네들끼리도 딱히 그런 친구는 없는 것 같다.

두 가지의 마음을 적당히 따로 다루면서 그것이 나를 지키는 처세술이 될지 그것이 다른 사람들에겐 또 매정하고 정이 없다고 느껴지게 될지는 아무도 모른다.

의식화되고 겉으로 드러난 마음은 내가 남들에게 보여주고 싶고 남들이 그렇게 봐주기를 원하는 영역이다.

반면 속마음은 자기만이 아는 마음이며 감정이나 감각과 아주 가깝게 연결되었을지도 모르는 무의식의 마음에 가깝다.

．

그래서 이 속마음은 타인에게 수용되기 어려운 마음일 수도 있기에 우리는 그 속마음을 끊임없이 컨트롤하고 좋은 모습의 겉 마음만이 비추어지기를 바라는지도 모르겠다.

하지만 성향에 따라 때로는 이러한 무의식의 속마음까지 솔직하게 털어놓을 때 때로는 상대방과의 관계를 한층 한층 더 가깝게 발전시킬 수 있지 않을까.

물론 속마음을 감추는 것으로 본인이 더 절제되어 보이고 남들에게 친절하고 좋은 모습만 비치어지기를 원한다면 그 또한 개인적인 성향이라 옳다 그렇다고 판단할 수도 없고 판단해서도 안 될 것이다.

영국인들은 말을 골라한다.

남을 자극할 수 있는 말은 좀처럼 하지 않는다.

내키지 않는 일들에는 직설적으로 얘기하지 않고 상대방이 상처를 받지 않도록 돌려 말할 때도 많다.

이런 마음들이 쌓이고 쌓여 '두 마음'이 생겨났을 것이다. 그러나 잘만 적응하면 상대방에게 상처를 주지 않으려는 배려로 이해되어 마음이 푸근해지는 경우도 있다.

예를 들면

• Not bad(나쁘지 않네요)

영국인- (별로 안 좋네요)

다른 나라 사람들 -(베스트는 아니지만 꽤 괜찮아요)

• but, I'd like to suggest...(이렇게 제안 드리고 싶습니다만....)

영국인- (좀 제대로 하세요. 혹은 좀 더 준비하고 다시 오세요)

다른 나라 사람들- (어떤 아이디어에 대해서 검토해주었지만, 이 사람은 또 이런 식으로 하고 제안하고 싶어 하는구나.)

• I'm a little disappointed. (조금 실망스럽습니다만....)

영국인 - (난 이미 꽤 불쾌합니다)

다른 나라 사람들- (별로 큰 문제는 아닌 것 같은데 조금은 실망했나...)

• That's a very interesting story. (매우 흥미 있는 얘기군요)

영국인- (이런 넌센스 한 얘기가 어디 있니!)

다른 나라 사람들- (내 얘기가 정말 재미있구나!)

• Please come to dinner. (꼭 저녁식사에 와주십시오)

영국인- (별로 초대하고 싶진 않지만, 예의상)

다른 나라 사람들- (조만간 나를 초대하겠구나)

• Why don't we go over other options?(다른 선택사항도 검토하는 게 어떨까요)

영국인- (그 아이디어는 때려치우는 게 낫겠어요)

다른 나라 사람들은- (영국인들이 아직 결정을 못 내렸나 보네)

•나한테 뭔가를 보여주길래 It's all right (괜찮네. 좋네)라고 말하면...

영국인-(별로 안 좋네)

다른 나라 사람들 -(괜찮네. 좋네)

*영국 친구가 뭔가 보여 준 것이 진짜 괜찮으면 That's great. Well done. 정도로 해 줘야 한다.

하지만 그렇다고 영국인 모두가 다 그런 것도 아니다.

이런 부분은 꼭 어느 나라만 국한된 것이 아닌 개인마다 성향과 성격마다 다 다르기도 할 것이다. 단지 많은 일본인과 영국인들이 다른 나라 사람들보다는 좀 더 본심을 드러내지 않는 성향들이 있는 것 같다는 극히 개인적인 경험과 느낌을 말했을 뿐.

어떤 부분이 '좋다 안 좋다'를 넘어서서 사람마다 이러한 겉마음과 속마음이 다르다는 것을 인정하고 너무 그 부분에 대해 왈가왈부할 필요도 없는 것 같다.

헹구지는 않아도 드라이는 꼭?
다른 설거지 문화와 방식

뭔가를 씻고 헹구는 가장 기본적인 방식에도 나라마다 이렇게
다른 부분들이 있다는 충격은 영국에 와서 얼마 되지 않아 지인
의 집에 초대되었을 때였다.

처음에 영국의 설거지 방식에 정말 충격을 받았다가 아직까지
아무리 시간이 지나도 절대로 익숙해 지거나 따라 할 수 없는
것 중 하나가 설거지 방식이다.

우선 기본적으로 설거지를 하면은 더러운 그릇을 세재로 닦고 세재가 남지 않도록 아주 잘 헹군 다음에 깨끗하게 잘 말리거나 깨끗한 수건으로 닦아서 제자리에 둔다.

이건 반문 반박할 수 없는 기본 상식이 아닐까. 설거지 방식을 구글링(Googling)해도 이렇게 나오건만.

난 전 세계 모든 사람들이 설거지를 이렇게 하는 줄 알았다. 적어도 일본에 유학하며 살았을 때 일본 가족도 그랬고 홍콩에 갔을 때 홍콩 가족들도 그랬다.

그런데 영국에 와서 영국 로컬 교회에서 티 타임을 가지고 설거지를 도와줬을 때도 그렇고 영국 현지인 가정에서 초대를 받아 저녁을 먹고 설거지를 도와주었을 때도 그랬다.

-달랐다! -

사실 충격이었고 정말 한 마디로 이해할 수가 없었다.

우선 내가 그 동안 알던 기본 설거지 방식을 다 깨고 있었다.

먼저 더러운 접시들을 물이 고인 싱크대나 아니면 싱크대 안에 들어갈 수 있는 사이즈의 통 안에 세재와 함께 그릇과 접시들을 한참 담가 둔다. 그러면 상상이 가는가.

스파게티 소스나 기름 등, 온갖 그릇에 달라붙어 있던 소스들이 다 그 물속에서 세재와 함께 버블 목욕을 하는 상태가 된다.

거기까지는 좋다. 훨씬 쉽게 잘 닦을 수 있을 것이기에.

그런데 놀라움을 그 다음부터이다. 솔이나 스펀지로 거품 속 더러운 접시들을 대강 닦은 뒤 물에서 스윽 건져낸다.

그러면 옆에서 도와주는 사람은 거품이 묻어있는 그릇을 받아서 그대로 마른행주로 닦는다.

안 헹군다!

정말 잘 헹구지 않고 그대로 행주로 닦기만 한다. 그럼 그릇에 묻혀 있던 거품과 세재 속 물기들이 그 행주와 함께 사라진다.

보기엔 깨끗하지만 그래도, 그래도 이건 아니잖아.

그리고 그 같은 행주로 다시 다음 그릇들을 닦고 또 닦는다. 도대체 왜 헹구지 않는 거야? 도저히 이해할 수 없지만 닦으면 아주 깨끗하게 된다는 생각을 하기 때문에 차라리 뽀득뽀득 해질 때까지 헹구는 부분이 꼭 필요하다고 잘 생각하지 못하는 것 같다.

그래서 누군가의 집에 초대를 받아서 식사를 대접받고 설거지를 해야 할 타이밍이 되면 보통 앉아서 쉬고 있으라고 해도 적당히 선을 넘지 않고 도와줄 수 있는 손님으로써의 배려는 "제가 옆에서 닦아드릴게요"라고 하면 적당히 무난한 것 같다. 그리고 설거지를 한 뒤 헹구지는 않아도 그 세제와 물기를 닦는 건 아주 중요하다.

그래서 설거지의 마무리는 헹굼이 아니라 -드라이-이다.

신발을 신고 침실까지 들어오는 문화와 함께 이 설거지 문화만은 몇 십 년을 이 나라에서 살아도 도저히 이해할 수가 없고 따라 할 수 없는 부분이다.

난 이러한 설거지 방식을 나름 다른 관점에서 이해해 보려고 노력했다.

그리고 가장 가까운 이해 접근의 생각정리는 이 정도다.

우리가 손이 더러울 때 씻을 수 없는 상황이라면 물티슈로 닦으면 깨끗하게 된다고 생각하지 않은가. 굳이 헹구지 않아도 더러운 얼굴도 닦고 더러운 손도 물이 묻어있는 티슈로 닦으면 깨끗해지니까… 설거지도 마른행주로 깨끗이 닦으면 세제도 더러운 물도 다 닦여진다고 생각하면 좀 더 이해하기 쉬울까.

그래도 그렇지 이렇게 물이 있는데 굳이 왜 헹구지 않는 거야???

이 헹구지 않는 설거지 문화와 비슷한 부분이 또 있다.

로맨틱한 서구 영화의 한 장면이 생각난다. 예쁜 여배우가 촛불을 켜 놓고 로맨틱한 음악을 들으며 와인 한 잔과 함께 거품 목욕을 즐기고 있다. 그리고 목욕을 끝낸 여배우는 아주 자연스럽게 그 거품 속에서 나와서 자기 몸집만큼 큰 타월을 몸에 감으면서 그대로 나온다. 그리고 그 큰 타월로 몸을 닦고 머리를 드라이하고 예쁜 잠옷으로 갈아입는다. 아무렇지 않게 봤던 영화의 한 장면을 지금 생각해 보면 그래 그렇다. 린스를 하지 않았다. 분명히 헹구지 않았다!

그리고 그 사실은 내가 결혼을 하면서 사실로 밝혀졌다. 여기서 태어나 자란 울 남편도 버블 목욕을 가끔 했는데 그 영화 장면이랑 똑같았다. 거품이 더덕더덕 묻어있을 건데 이불만 한 큰 타월을 감으면서 나왔다.

여기 설거지 문화랑 아주 딱 맞게 오버랩이 되는 장면이었다.

그 이후로 난 목욕도 샤워처럼 헹굼을 해야 한다고 말했고 그리고 호텔에서만 있을 법한 그 몸집만 한 큰 타월들은 딱 닦기 좋은 사이즈로 가위로 싹둑싹둑 다 잘라서 가장자리를 재봉틀로 박아 버렸다. 도저히 매번 그 어마어마한 세탁물의 양을 감당할 수 없었다.

그리고 아직까지도 몸집만한 큰 타월을 그리워는 하지만 이제는 모든 가족이 작은 세면용 타월?(한국에서 쓰고 있는 타월 사이즈는 얼굴 닦는 용도라고 한참 동안 큰 타월을 그리워했다는)을 잘도 쓰고 있다.

나중에 들어보니 그 큰 수건을 매번 세탁하지 않아도 된단다.

라디에이터(영국 난방)에 널어두고 말려서 몇 번은 사용한다고 한다. 모든 의문과 해결점은 사라졌지만 이제 남편도 적응을 했다. 작은 사이즈 타월로 몸과 머리를 다 닦을 수 있다는 것에 놀

란다고 한다. 그리고 한 번 닦은 타월은 아무리 나 자신만 닦는
다 해도 세탁해 버리자..

우리 집은 이렇게 '아시안 가족화?'가 되었다.

난 헹구지 않는 설거지도 거품목욕도 용납 안 되는 건 어쩔 수
없다.

그런데 가끔 혼자 질문하게 된다.

나도 여기서 태어나서 자랐다면 똑같았을까.

어느 문화에든 옳다 그르다는 정답은 없을 것이다.

-마치 파를 사면 묻지도 않고 파란 윗부분 다 잘라버리고 아
래 하얀 부분만 주던 그 난감함에서 천진난만하게 웃던 야채 아
저씨와 오갔던 허망했던 나의 눈빛처럼. -

하지만 그 어떤 문화에서 자라나서 거기에 익숙해져 간다는
건... 참 지독히 바꿀 수 없게 만들어 버리는 무언의 합의로 이
루어져 익숙한 관습이 되어 버린 무언의 약속들을 누가 먼저 그
랬냐는 듯 서로 잘도 지켜나가는 모습인 것 같다. 그래서 내가
자란 환경에서 나는 음식들의 영양을 섭취하듯 내가 하는 모든
것들이 이 환경의 영향과 지배를 받고 있을 것이다.

그래서 나도 남이 이해할 수 없는 관습들과 문화들을 세상 정
답인 양 전부인 줄 알고 껴안고 살아가고 있는 부분들이 나도
모르게 내 안에 있는지도 모르겠다.

작가의 말

  이십 대 중반, 단순히 사랑만을 찾아 영국으로의 유학을 결정했고 그 때는 이렇게 내 인생의 대부분을 여기서 보내게 될 거라는 계획도 복잡한 생각도 딱히 없었습니다.

  살면서 부딪히는 수많은 에피소드들과 동서양의 서로 다른 재미난 문화들을 잊어버리기 전에 다른 사람에게 알려주자는 생각과 그 생각을 모아 언젠가는 책을 내고 싶다는 바램이 항상 있었습니다.

  그래서 생각날 때 마다 여기 저기 메모를 해 두었고 그 메모들을 모아 지난 한 해 동안 브런치에 하나 둘씩 글들을 쓰기 시작했습니다.

  그리고 이렇게
  '스무 해의 다이어리 – 해가 지지 않는 나라 영국 편–' 이 완성되었습니다.
  거의 20년이 걸렸습니다.

이 글은 어느 한쪽의 문화를 옹호하는 글도 비판하는 글도 아닙니다.

단지 서로 다른 문화를 이해하고 서로 다른 동서양의 사고차이를 통해 또 배워나가길 원합니다.

이 책이 이민을 계획하거나 이민을 가서 또는 유학 생활을 하면서 서로 다른 문화 차이로 많은 어려움을 겪고 계시는 분들, 또는 한국뿐만 아니라 다른 서양 문화와 서로 다른 사람들의 사고를 이해하시고자 하시는 분들에게 조금이라도 도움이 되길 바라는 마음입니다.

2022년 7월 박지희

해가 지지 않는 나라 영국

발 행 | 2022년 08월 02일
저 자 | 박지희
펴낸이 | 한건희
펴낸곳 | 주식회사 부크크
출판사등록 | 2014.07.15(제2014-16호)
주 소 | 서울특별시 금천구 가산디지털1로 119 SK트윈타워 A동 305호
전 화 | 1670-8316
이메일 | info@bookk.co.kr

ISBN | 979-11-372-9056-3

www.bookk.co.kr
© 박지희 2022